La Isla del Maíz

Por Daniel Aparici

Prólogo

Todos la buscan y nadie la encuentra, en una isla perdida del Atlántico la suerte tiene el nombre de un francés que la proporciona para ganar la lotería. El secreto mejor guardado es cómo consigue acertar los números de los premios. Pero no es tan fácil ser el elegido, hay que ser puro, tanto como un peninsular recién llegado intentando olvidar una vida acabada. Si te ofreciesen solucionar tu vida, ¿qué harías? Nada que perder y mucho que ganar, incluso si para ello el protagonista tienen que llegar hasta límites insospechados.

Encuentra tu suerte...

Dedicada a ti...

Capítulo 1

La vida puede ser una broma pesada en la que nunca sabes si estás ganando o perdiendo y el hecho más insignificante podría cambiar tu destino, pero cómo saberlo, sin embargo, quizás es lo que todos buscamos: que algo nos cambie la vida. Yo conocí a la persona que cambió mi futuro en La Isla del Maíz, cerca de Canarias. Tomaba té, como de costumbre, en un café cercano al trabajo, justo después de leer un refrán en el sobre de azúcar que decía que el destino de un genio es ser un incomprendido, pero no todo incomprendido es un genio, apareció él, pidió un café con leche y se lo bebió de un trago. Salió tan rápido del lugar como había entrado, horas más tarde descubrí que trabajaba conmigo.

Hacía muy poco tiempo que vivía en la isla, llegué buscando un futuro mejor. Abandoné de inmediato mi empleo de administrativo en Zamora cuando me llamaron de una bolsa de trabajo del Ayuntamiento de La Isla del Maíz, hacía tiempo que mi matrimonio estaba roto y no tenía nada que perder cambiando de aires, se ofertaban unas plazas para hacer sustituciones muy bien pagadas y no me lo pensé. Mi mujer no se alegró mucho porque después del divorcio ya no éramos ni amigos. Aquel trabajo fue la oportunidad de rehacer mi vida y con esa intención también me acerqué a aquel hombre de 35 años que tenía revolucionada a media oficina. La segunda vez que lo vi intentaba organizar una especie de porra para acertar los resultados de un partido de fútbol. Tardé poco en descubrir que era un ludópata y que gastaba ingentes cantidades de dinero en cualquier juego, especialmente en aquellos que pudieran hacerle millonario, actividad, supuestamente secreta, de la que él mismo tenía bien informado a todo el mundo. Hacían comentarios a sus espaldas sobre la pena que les daba, pero me pareció muy simpático y dicharachero, tal vez alguien con quien empezar una curiosa amistad en mi recién estrenada vida isleña. Además, yo estaba totalmente vacunado ante el juego por mis convicciones y por un pequeño secreto que nadie conocía.

Sin mucho esfuerzo, después de muchos años, todavía podía acordarme de Roberto, leí en el periódico que un hombre había comprado una isla en mitad del Caribe y pensé que podría ser él. Supe, después de un tiempo, que Roberto, el alocado ludópata de mi oficina, había renunciado al trabajo de la oficina para ocupar un puesto en una administración de lotería en la que duró dos meses, no soportaba la idea de hacer rico a alguien que no fuese él mismo. Por lo visto, un año y medio después de irme yo de la Isla del Maíz, desapareció sin dejar ni rastro y un amigo me aseguró que debía haberle tocado la lotería finalmente, es lo que murmuraban, ni siquiera su familia sabía dónde estaba.

Hace unos años creí ver a Roberto en un aeropuerto, a lo lejos, mientras bajaba de mi avión, después de unas largas vacaciones en Málaga, divisé un hombre muy alto con sombrero de paja bajando de un pequeño avión privado. Llevaba un traje de lino blanco y gafas de sol, iba acompañado de una espectacular mulata muy joven, tal y como a él le gustaban. Quise articular su nombre, pero aunque hubiese gritado como un energúmeno no me habría escuchado tras el cristal del aeropuerto desde el que lo vi. Tras él apareció un séquito de mozos cargado de maletas, bajó la escalera del avión muy rápido, nervioso, desconfiado, sin fijarse en lo más mínimo en el hombre que le hacía señales desde la terminal en la que esperaba mi vuelo. Debía ser un hombre importante, un coche deportivo esperaba para recogerlo y en mi interior creí que todo concordaba: el físico, su actitud y la opulencia, ésta última debido a que le hubiese tocado la lotería, era imposible que jugando tanto no le tocara en algún momento. Aunque hasta hoy no he podido certificar que se tratara de mi amigo Roberto, un muchacho delgado y nervioso, con alopecia pronunciada, de pequeños ojos azules y vestido de la cabeza a los pies de lino blanco en las ocasiones importantes, con un guiño inteligente y otro de genio loco, alguien predestinado a la riqueza, ya que sus gustos y caprichos eran los de un aristócrata.

Antes de llegar a la isla, mi vida fue una auténtica locura, por definirla de alguna forma. Durante varios años creí que la estaba malgastando. Cuando me casé con Julia no nos amábamos mucho, pero siempre creímos que sería eterno, hasta que todo se murió. Una mañana descubrí que habíamos dejado de amarnos por completo, quedaba el cariño, poco más, algo más parecido a lo que sienten dos hermanos que dos amantes. Simplemente, era una arpía, le pillé un par de veces mensajes en el móvil de algún amigo, siempre me decía que se habían equivocado, lo que provocó en mi unas terribles ansias de venganza. Al principio, cuando sentía celos, me iba a un *puticlub*, luego empecé a verme regularmente con una compañera del trabajo con la que Julia me cazó andando abrazados por la calle, llegó un momento en el que me daba igual que alguien me viese.   Nunca, en los 12 años que estuvimos casados, creí en un final tan absurdo, me dijo que se había enamorado de mi primo, con el que yo tenía una gran amistad. Venía mucho a mi casa, incluso cuando yo no estaba, porque Julia le caía muy bien. Tan bien que le contó mis líos de faldas y que estaba enamorado de ella. Tal vez uno empieza a darse cuenta de que tu pareja no te llena porque te ves mirando a otras personas con las que te gustaría tener una aventura, aunque en la mayoría de los casos sólo se produzca en tu imaginación. Tuve que haberlo sabido, todo se iba a acabar más tarde o más temprano. Julia se quedó con la casa porque permanecería en Zamora, ella estaba a gusto en la ciudad y su trabajo, además de que su abogada destrozó a la mía y perdí hasta el plan de pensiones, al sacar en el juicio las fotos que un detective privado hizo de mi compañera de trabajo y yo en un hotelito. Alegó que le había causado daños psicológicos irreparables, al ver las fotos la jueza puso una cara que nunca olvidaré. Mi primo se trasladó a nuestra casa y yo era el que debía irse, tampoco hacía falta que me marchase de la ciudad, pero sentía que debía alejarme de mi vida anterior, viajar, descubrir otros sitios y optar a un trabajo mejor, lejos de aquella mujer.

A raíz de mi situación con Julia empecé a buscar otro sustento económico, por casualidad, ojeé una página de empleo en Internet que ofertaba trabajar para el Gobierno y apareció el nombre de la maravillosa isla a la que fui a parar. Nunca pensé que encontraría un trabajo por el que me pagasen tanto en relación a las horas que rendía, una situación propicia para poder relacionarme, ya que tenía las tardes libres. Además, sin la presión de una empresa privada en la que pueden echarte en cualquier momento. Toda una vida metiéndome con los funcionarios y de la noche a la mañana sería algo parecido, se trataba de cubrir las bajas de empleados fijos durante un tiempo, pero no me importaba, era mucho mejor que seguir anclado a un futuro predecible y sin ilusiones.

Me busqué una casa cerca del ayuntamiento, tardaba cinco minutos en llegar al trabajo y aprovechaba cada minuto entre las sábanas. Al principio, aunque el odio hacia Julia fue enorme, extrañé el calor de otro cuerpo junto al mío, sensación que desapareció al darme cuenta que dormir solo era como hacerlo junto a alguien al que apretarle sus tampoco te apetece despertar a media noche para introducir tu erección entre sus nalgas. Hacía tiempo que con Julia no erecciones por sorpresa… Es difícil explicar lo bien que concilié el sueño una vez descubierta la solución a mis temores sobre lo que sentía por Julia, la sensación de haber escapado del mismo infierno.

El piso al que me mudé era una ratonera, prefería ahorrar dinero en un alquiler barato para dedicarlo realmente a comidas o encuentros con mis futuros amigos y amigas... Me conformaba con una cama grande para estirarme y una televisión, además de una cocina y un cuarto de baño, cualquier otra habitación era innecesaria, no esperaba invitados y, en el caso de tenerlos, presumía que dormirían conmigo.

Capítulo 2

-¿Qué tal Roberto?

-No tengo ni idea.

-Ya te dije que la última vez que lo vi fue en la administración de lotería. Su familia sigue muy afectada por su desaparición.

-¿Tantas ganas tienes de volver a verlo?

-Es que hace poco me pareció verlo en un aeropuerto.

-¿Estás seguro?

-No, por eso te he vuelto a llamar. Era un hombre mayor, si Roberto tenía que parecerse a alguien de mayor, ése era aquel tipo, aunque estaba demasiado lejos como para asegurarlo. Iba vestido de lino y salía de un avión privado, creí que podría ser él y que por fin le había tocado la lotería.

-Ojalá lo hubieses comprobado, ya te digo que todavía no se ha vuelto a saber de él. Me da pena por la familia.

-¿Y tú que tal? ¿Les haces muchos retratos a modelos espectaculares?

-Estoy bien… y no creas que son tan extraordinarias, si por lo menos fuese más joven aprovecharía más, pero la viagra está muy cara. Sin contar con que sigo con Luisa y siempre tengo que estar escondiéndome.

Fue la última conversación que tuve con un amigo común, quería saber a toda costa algo sobre el neurótico de Roberto. Cuando uno busca triunfar desea tener referentes para saber que es posible, que la gente normal también puede vivir historias extraordinarias, relatos de los que curiosamente no se conocen los detalles exactos, el ser humano es así. ¡Qué nos importa lo que hace falta para llevar a cabo un sueño! Al final sólo diremos que tal o cual persona lo consiguió, sin valorar los esfuerzos que tuvo que realizar.

Roberto estaba todo el día sugiriéndome extrañas ideas sobre la suerte y lo que haría cuando dejase de trabajar. Era la persona más insistente que nunca he conocido. Llegó un punto en el que era absurdo sacar algún tema de conversación distinto. Su tema preferido, su único tema: la lotería. Deseaba irse de aquella isla, comprar otra para él y construirse una mansión donde tirarse todo el día sin hacer nada. A esto hay que añadir que las conversaciones que manteníamos distaban bastante de las tranquilas y pausadas frases de los isleños, bebía mucho café a diario. Decía que lo mantenía despierto en el trabajo y le ayudaba a solventar la ingente cantidad de papeleo que teníamos.

-¿Un cortadito?

-Vale. Hoy no me ha dado tiempo a desayunar.

-Vayamos al café de la esquina, siempre voy a los mismos y ya me tienen muy visto.

Nos sentamos en una mesa fuera del local. El tiempo en la isla era muy cambiante, tan pronto hacía sol como aparecía un manto de nubes que ensombrecía el día. En cuestión de segundos la ciudad se volvía seria y oscura. Me contaron que al principio las casas que adornaban la ciudad eran únicamente blancas y que era relativamente reciente que estuviesen pintadas de todo tipo de colores. Los numerosos extranjeros que repoblaron la isla habían teñido de color todos los rincones y pintado las fachadas de sus moradas de alegres azules o rojos. En las dos grandes ciudades de la isla los edificios eran muy bajos. Todo eran pequeñas casas de dos o tres plantas con balcones y ventanas de madera, algo que perduró como característica de las primeras construcciones del islote. Lo único que seguía siendo gris eran los adoquines que alejaban las ciudades y pueblos del futuro, ya que en muchas calles habían vuelto a reformar las aceras para conservar aquel aspecto de ciudad antigua.

Intuí que en breves segundos el tiempo volvería a cambiar porque los pocos pelos de la calva de Roberto se agitaban sin control. No es que se peinase mucho, su pulcritud estética brillaba por su ausencia, hacía tiempo que había desistido de cuidar su imagen. Aquella misma tarde me contó que cuando era más joven no llevaba gafas y tenía una larga melena lisa castaña hasta los hombros. Me percaté de que sus nervios no eran debidos, únicamente, a los cafés. Él era así de fábrica. Sus gafas disimulaban su inquieta mirada. A lo largo de su cabeza se veía una serie de pelos cortados. Confesó que durante su época de estudiante empezó a arrancarse los cabellos de raíz cuando se encontraba en estados de ansiedad, ahora era imposible recuperar la cabellera. Incluso se había comprado productos de toda clase, pero ya era tirar el dinero, por lo que decidió que ya no era guapo. Para colmo, su miopía le había enclaustrado sus vistosos ojos azules, odiándose todavía más. Aunque su pelo era lo que realmente lo tenía tan desahuciado de sí mismo.

Cuando la primera nube tiñó el día y la mitad de Roberto quedó expuesta al frío, apareció un hombre al final de la calle. Gritaba con espavientos que casi eran millonarios. Casi, por enésima vez. Afirmando que no hacía más que perder dinero con Roberto. Empezó a contar que lo convencía para jugar a medias pero nunca sacaban más que el reintegro y que la próxima vez jugaría con un tal "Chance".

-¡Deja de acusarme! Cuando te haga millonario ya verás como protestas menos. ¡A ver si vas a estar gafado!

-Ya. Será eso. Mira, no me infles las narices que nos hemos jugado 120 euros cada uno esta semana para nada. Mi mujer está que trina. No vuelvas a contar conmigo para tus absurdas apuestas. Es la última. ¿Cuánto tiempo llevamos jugando? ¿Seis meses? Se acabó.

-Tú verás. Al final tiene que tocar.

Nada más irse aquel hombre, Roberto me explicó que era un chico con el que quedaba todos los sábados para apostar algunos números a la lotería.

-¿Qué culpa tengo yo si no nos toca? ¿Tendremos que jugar para que salga algo no?

-Hombre. Yo tengo la teoría de que el dinero lo da trabajar todos los días. No creas que siempre he tenido mucha suerte. – Mientras recordaba mi historia con el viejo del banco.

-Pues ahora has tenido algo de suerte, porque te llamaron para trabajar y el sueldo está muy bien. ¿Verdad?

-Bueno, te lo diré cuando cobre. Realmente no sé cuánto ganamos exactamente.

-Unos 1.800 euros mensuales, más un par de pagas extraordinarias. ¡Mientras no hagas como yo! Me estoy gastando unos 600 o 700 euros en lotería todos los meses. Sé que me tiene que tocar, estoy seguro. Y la verdad es que tengo mis gastos, pero es difícil resistirse. Mira niño, yo no quiero trabajar toda mi vida, me niego. Aguantando papeleo, a la gente, a los jefes… Con unos cuantos cientos de millones dejaba de trabajar para los restos. Créeme, como me toque no me vuelven a ver el pelo por aquí. Son una panda de cotorras y envidiosos. De todos modos ya verás. Está muy bien, incluso nos dan una finiquito cuando nos cortan el contrato, después de pagarnos el verano. Unos 4.000 euros. Está muy bien. Yo tampoco me puedo quejar porque vivo con mis padres y se niegan a que les de dinero por seguir viviendo con ellos. Y como encima tengo pagado el coche…

Mientras pensaba que aquél alocado tipo estaba exagerando o no sabía ni de lo que hablaba, volvió a salir el sol y el pelo de

Roberto cesó de contonearse al viento. Su calva me deslumbró en un rápido movimiento de su cabeza y cambiamos de tema.

-¿Quieres apostar conmigo por algún número en La Primitiva? Me acabo de quedar sin compañero.

-Bueno. No soy muy jugador. Ya sabes, mi máxima es la de que el trabajo me dará el único dinero que tendré en mi vida. Trabajo, trabajo y trabajo. No confío en la suerte.

-¿Quieres trabajar toda tu vida?

-No, pero qué remedio.

-Pues juguemos. Ya verás. Dame el dinero y pasado mañana te digo qué tal nos fue.

Capítulo 3

Al día siguiente me fui a pasear a una de las impresionantes playas de la isla, un paraje natural en medio de acantilados. Había que bajar por una enorme escalera, descendí durante unos 25 minutos, escalón tras escalón, deteniendo mi mirada es cada uno de los puntos de la fascinante vista. El mar reflejaba el infinito con sus ondas constantes. Se podía ver perfectamente el poder de los vientos que arreciaban sobre la superficie del agua levantando espumarajos blancos. A medida que descendía observaba los distintos acantilados y las extrañas especies de plantas adosadas sobre las laderas. A mitad del descenso divisé una figura solitaria en mitad de la playa. Parecía dibujar algo en la arena con un palo. Desde arriba conseguí leer las letras "Vic". Nada más llegar abajo descubrí que la figura había desaparecido, pero antes de irse había completado la palabra: "Victoria". Durante un rato pensé en el significado de aquel nombre, podía tratarse o del nombre de una chica o del acto de vencer. Reflexioné sobre qué era vencer, ya que en aquel momento lo último en lo que pensaba era en una chica. Para mí la victoria no tenía mucho sentido. Hasta ahora había vencido mis propios miedos, que no era poco. Aunque para la sociedad, un victorioso, un ganador, tenía una serie de valores muy distintos a los míos.

Seguí paseando por la orilla de la playa hasta llegar a unas rocas, entre las que descubrí a un hombre de unos 40 años con el pelo largo y barba, sentado en cuclillas mirando su rostro reflejado en un pequeño charco. De repente, me miró y, con un acento extranjero, me espetó que los reflejos no son lo que parecen.

-La vida es un mero espejismo. A veces sólo vemos lo que queremos. Y buscamos un simple charco en el que en realidad, no puedes verte bien, para mejorar la idea que tienes sobre ti.

Quizás frente a un espejo de verdad no me estaría descubriendo tan guapo como ahora. Aunque sepa que con el pelo largo y la barba tengo aspecto de náufrago. También depende que cómo puedas verme tú. ¿Cómo me ves?

Me chocó tanto la situación que no supe ni qué decir. Tardé varios segundos en reaccionar y pensar que podía responderle tranquilamente, que no se trataba de un loco al que acababa de conocer en una playa desierta.

-Supongo que a lo que se refiere es a que cuando uno quiere ver algo, intenta buscarlo donde sea. Un espejo daría una imagen más real, en cambio, un reflejo disimula los defectos. Podemos tratar de valorar nuestros actos o nuestra situación desde distintas ópticas. Dependiendo del momento, lo haremos de una u otra forma para adecuar esa visión a las expectativas que tenemos de nosotros.

-¡Muy bien! Y háblame de tú. Tampoco soy tan mayor. Me llamo Jean, pero todos me llaman "Chance".

-¿Es francés no? ¿Qué significa?

-Suerte. ¿Y tú cómo te llamas?

-Me llamo Eduardo.

Dudé durante unos segundos…

-¿Te importa que te pregunte otra cosa? Es que llevo un rato dándole vueltas. Es simple curiosidad. ¿Qué o quién es Victoria? He estado toda la bajada pensando en ello. La verdad es que es un nombre bonito. ¿Se refería a una mujer o al hecho de vencer?

Me miró durante un rato a los ojos, luego a su reflejo en el charco, tiró una piedra y las ondas concéntricas desdibujaron su tez morena, sus pequeños ojos verdes y sus desaliñadas melenas y barbas rubias. Se levantó poniéndose la camiseta gris de tirantas que tenía en su mano izquierda.

-Es el nombre de mi prometida. Era el nombre.

15

-¿Murió?

-No, la dejé plantada en Francia. Hace ya unos cinco años. Me fui y no volví a contactar con ella. Ya se habrá casado. No es algo de lo que me sienta orgulloso, pero la vida te lleva a muchas situaciones extrañas. Un día decidí que mi futuro estaba en otro lugar muy distinto y que me quedaban demasiadas cosas por ver y experimentar sólo, antes de compartir mi vida. ¿Cómo iba a hacerlo? Si no sabía ni quién era. Quizás ahora sí que lo sé, pero ya es demasiado tarde para nosotros. En realidad ese pasado me hizo comprender qué quiero ahora.

-Tal vez no se haya casado con nadie.

-Habrá cambiado. Igual que yo. Ahora estoy preparado para la mujer que era entonces. La de ahora no será la misma. Ni yo tampoco del que ella se enamoró. Además, es mejor dejar las cosas así. Nunca me perdonará lo que pasó. Y a todo esto… ¿Tú que haces aquí?

-Escapar. También estaba prometido, pero con un futuro que no deseaba. Me casé muy pronto y viví unas ilusiones que no eran las mías.

Jean le dijo a Eduardo que tenía que irse. Vivía cerca de allí, en una casa mata de dos plantas de color azul. En la puerta había un cartel que rezaba: "La casa azul". Trabajaba todo el día en casa, pero no quiso especificarle en qué. Le invitó a visitarlo cuando quisiese, asegurando que como trabajaba allí podría encontrarlo a cualquier hora. Roberto se quedó un rato más en las rocas hasta que se fijó en el pequeño charco. Las ondas habían cesado y el agua había vuelto a la calma. Cogió una piedra y la tiró. Observó durante varios segundos como el agua rota había deformado la imagen de su cara y se marchó. El más celoso recuerdo de Eduardo, su gran impedimento para jugar, se hizo muy evidente después del encuentro en la playa con Jean. La imagen de un viejo en mitad de un parque dando saltos, cuando se le acercó para repartir con él el premio que venía de tocarle en la lotería.

Al día siguiente Roberto me llamó para confirmar que no nos había tocado la lotería, su voz al teléfono era incomprensible. Entendí poco más que eso y que el lunes hablaríamos con más calma. De todos modos, yo era bastante escéptico con los juegos de azar. No creía en la suerte. Lo que no quitaba que tuviese mi número favorito e incluso algunas boberías que me hacían pensar en que a veces el universo se ponía de acuerdo para hacerte el bien. Siempre queda una esperanza, aquello que no controlas del todo y que te hace no perder la fe. Porque al final sólo se trata de eso, de fe. De creer en lo que no se puede explicar de ninguna forma. Como la idea de que entre los miles de jugadores y números que pueden salir en un sorteo, saldría el mío y dejaría de trabajar de por vida, como decía Roberto. Reconozco que ese día me levanté un poco sobresaltado y pensando en los números que habíamos elegido. Incluso los había mirado antes de que él me llamase y me hice el tonto cuando me dijo que no nos había tocado.

Me había levantado tarde. Comería y después me iría a visitar al extraño hombre de la playa. Me fascina la gente que posee una extraña rareza, las particularidades les hacen interesantes. Era como mi ex pareja, la típica chica guapa, simpática y buena persona, incapaz de sugerirme nada nuevo o extraño. Recuerdo días enteros junto a ella esperando una palabra, algún gesto hacia mí. Pero nada, callaba hasta que yo le sugería algo. Era incapaz de crear un instante. Algunas veces creí que realmente había momentos en los que no pensaba en nada, cuando yo era incapaz de refrenar mis ideas.

Capítulo 4

Fue fácil encontrar la casa azul, había mucha gente haciendo cola en su puerta. Al principio pensé que me había confundido, el cartel ponía lo que *Chance* me había dicho. Todos llevaban regalos para él, estaba totalmente sorprendido. Incluso vi a una chica de la oficina que me saludó tímidamente. Al momento apareció abriendo la puerta súbitamente, recorrió un pequeño pasillo empedrado que traspasaba el minúsculo jardín que tenía hasta llegar a la valla de metro y medio que rodeaba su hogar. Le musitó algo a la señora que estaba en la puerta y ésta se marchó. La escena rompía con la paz que reinaba en la zona. Las pequeñas montañas y carreteras secundarias poco transitadas casaban con los verdes y azules de cielo de fotografía con inmensas nubes de algodón. Sin duda aquella zona de la isla era en la que mejor tiempo hacía.

Aquello era muy raro, aunque era su invitado y no quería empezar mi visita preguntándole por la inmensa cola de gente que esperaba para entrar en una casa en mitad del campo. Incluso pensé en irme, ya que tampoco podría atenderme bien. Pero al irse tan rápido la primera mujer, decidí esperarme para ver de qué se trataba. En el fondo, todo aquello me produjo una enorme curiosidad.

-Voy enseguida. -Su cara inmutó un gesto de aprobación que me sedujo a acercarme hasta la misma puerta donde acababa de despachar a la primera señora de la fila. Nadie dijo nada, aunque me estuviese colando. Me hizo pasar enseguida y no tuve más remedio que preguntarle qué era todo aquello.

-Nada. Unos asuntillos que me tienen entretenido, es a lo que me dedico, más o menos. Pero tranquilo, habrá tiempo para explicarte a qué se debe tanta visita. Supongo que te habrá sorprendido tanta gente, para mí es normal, ya estoy acostumbrado.

Entré en la extraña casa azul bajo la atenta mirada del tumulto congregado en la puerta. Por fuera parecía una casa de pueblo en la que seguramente los muebles fuesen tan antiguos como las paredes. La primera impresión fue esa, porque apenas entraba luz. En seguida encendió una pequeña lámpara y vi, para mi sorpresa, que los muebles se asemejaban a los de una casa moderna, con un corte un poco nihilista, colores que iban desde los negros hasta el marrón oscuro. Los muebles eran muy bajos. Me cuestioné la utilidad de mesas tan cerca del suelo para comer. Supuse que se trataba de muebles con estilo, más que funcionalidad. La casa estaba muy poco recargada y el gran sofá verde era lo único que daba un poco de luz a un mobiliario tan sombrío. Atisbé desde el salón una puerta entre abierta que daba a una especie de pequeño estudio donde había una gran mesa plagada de ordenadores. Era como una sala de informática en la que había de todo. La otra puerta daba a una cocina de color gris, también de corte moderno. Aquello acrecentaba mi extrañeza todavía más. Viendo su aspecto y el exterior de la casa nadie pensaría lo que había en su interior.

-No te sorprendas. Sí, ésa es la habitación en la que trabajo, antes era informático. Ahora sólo utilizo mis conocimientos para vivir mejor, me niego a que una compañía privada explote mis conocimientos, trabajé para alguna durante años, hasta que me harté de que controlasen mi tiempo libre.

-¿Pero sigues trabajando en algo relacionado con la informática no?

-Más o menos. Ahora tengo encargos a través de los que me saco algún dinero. Además me mantiene despierto y alerta en los continuos movimientos de la sociedad informática. De vez en cuando acepto algún encargo para crear un programa informático: bases de datos, programas para empresas... Un poco de todo. Lo que más me gusta es programar y lo pagan muy bien. Para mí resulta muy sencillo. Además, puedo trabajar donde quiera, es lo bueno de Internet. Ni siquiera conozco a la mayoría de mis clientes en persona. Evito tener que llevar traje de corbata y estar bien peinado. Es la vida que deseo llevar, nadie me juzga por lo que hago, sino por quién soy, es así de sencillo. Antes de dejar mi antiguo trabajo hice una pequeña cartera de clientes gracias a mis resultados, ahora son los clientes los que contactan conmigo.

-Vaya, no sé qué decir, tienes que ser muy bueno. Seguro que te van muy bien las cosas.

-No me puedo quejar. Mi filosofía es no aparentar nada, porque aquellos que presumen con su aspecto, su actitud y todo lo que se puede mostrar a los demás, no me gustan. Por eso dentro de mi casa sí que tengo todo lo que quiero. Al igual que yo, que tampoco cuido mi aspecto demasiado. Lo importante es el interior, sólo tienes que querer perder tu tiempo en conocer realmente a alguien. Un buen motivo por el que no me gustan las mujeres que persiguen a los tipos con buenos coches y trajes que rompen antes de terminar de pagar. Yo no creo en ésa forma de vida. Aunque tengo que reconocer que he tenido mucha suerte. Me va bien. Pero no te creas que todo fue siempre así. Cuando llegué a la isla no tenía nada. Sólo un pequeño portátil y muchos sueños. Ya está.

-Bueno, mi historia no es tan impresionante. Sólo soy un divorciado al que le salió un trabajo de funcionario en una isla que ni sabía que existía. Me vine porque ya no soportaba mi vida anterior, era todo lo que nunca hubiese querido para mí. Así que mi mujer y yo lo dejamos de mutuo acuerdo y me vine aquí. Estoy contento con el trabajo porque gano más y trabajo menos horas.

-Ya es un principio, es lo que yo digo siempre, poco trabajo y mucho dinero.

-Sí, pero he tenido que sacrificar muchas cosas: estar cerca de mi familia, los amigos de toda una vida...

-Dejar un trabajo que no te llena no requiere ningún sacrificio. Alguien a quien ya no quieres es una molestia. Y la familia y los buenos amigos siempre estarán ahí.

-Tal vez tengas razón, pero dime, me tienes intrigado. ¿Y toda esa gente que está haciendo cola en la puerta de tu casa mientras tú y yo hablamos tan tranquilamente?

-Pues... Es un pequeño secreto a voces, como dice esa expresión que tenéis. Así que te lo contaré. No preguntes ni cómo ni porqué. Hace unos años conocí a un hombre que estaba apunto de morir y que me cedía su suerte. A partir de ese momento, yo sería el poseedor de la suerte de mucha gente. La única cuestión era que tendría que elegir quién se merecía esa *Chance*. Ya que no todos la quieren para lo mismo ni son tan generosos como puede parecer.

-¿Cómo? ¿Das suerte a la gente?

-Llámalo así si quieres.

-¿Y cómo lo haces?

-La verdad es que no estoy seguro. Sólo sé que cada cierto tiempo soy capaz de acertar los números que saldrán en la lotería y se los digo a alguien que de verdad necesite el dinero. Lo malo es que conmigo no funciona. Sólo puedo ver esos números para alguien. Por eso hay tanta gente que espera en mi puerta. A veces me traen dinero para que les compre la lotería simplemente, ya que sólo puedo ver los números cada cierto tiempo. Así que yo mismo les compro la lotería, aunque muchas veces no les toque. Lo saben. Están al corriente de que no puedo acertar más que algunos números cada cierto tiempo. Aún así me hacen todo tipo de regalos, incluso me traen dinero. Mediante ese sistema sólo le ha tocado a un par de personas. Pero qué le vamos a hacer. Tampoco me gusta negarles eso. De todos modos se lo iban a gastar ellos. Lo único malo es que no paro de ir a la administración de lotería, me paso medio fin de semana allí.

-¿Y nadie se pone pesado para que le aciertes un número?

-¡Imagínate! Hay gente a la que he tenido que pedir que me deje tranquilo. Es un don un poco especial del que todos quieren sacar provecho.

-¿Pero sólo puedes acertar números?

-No, también doy la suerte de otros modos. El dinero es sólo una forma de repartirla, ¿equitativamente, se diría? En resumen, es lo que todo el mundo quiere. Ya que con el dinero puedes tener todas las demás suertes o eso creen.

Mientras esgrimía toda aquella serie de argumentos pensaba que estaba ante un loco. Pero lo peor de todo es que toda aquella gente creyese aquellas paparruchadas. Por un momento reflexioné y creí que me estaba tomando el pelo. Era demasiado para un domingo de supuesto sosiego.

-¿Te estás quedando conmigo?

-No comprendo.

-¡Qué si te acabas de inventar la historia!

-No, para nada. Es tan cierta como que tú estás aquí ahora y dentro de poco te lloverá algo de suerte. Está claro que tú también necesitas dinero. Todos lo necesitamos. Pero no será ésa tu "suerte". A ti te vendrá de otra forma, aunque tampoco esperes un milagro, ya sabes…

-Pues vale, no estaría nada mal una pequeña ayuda. Y dime, ¿es por eso que la gente te llama suerte? Creerán que eres una especie de santo enviado por Dios.

-Tampoco hay que exagerar. Sólo es una especie de poder que tengo de forma casual. Nunca lo busqué y no siempre lo tuve, ni tampoco sé porqué aquel hombre me lo dio a mí.

-Lo mejor será que me pase otro día. Creo que hay mucha gente esperando tu suerte ahí afuera. Yo me conformo con la mía.

-Nadie se conforma con la suerte que tiene, pero en una cosa tienes razón, hay mucha gente esperando afuera y no está bien hacerles esperar. Elegiste un mal día para venir, todos libran los domingos y es el día que más gente recibo. Pásate un día entre semana y hablamos más tranquilos. Y ya sabes, si por algún casual quieres que te toque la lotería... Tú eres bueno, estaría bien darte un pequeño regalo. A parte de lo que ya te acabado de dar.

Salí rápidamente de la casa con una sensación un tanto extraña. Nunca creí en la suerte. Lo que no quería decir que no me enervasen esos juegos de ciencias ocultas y cosas inexplicables.

Cuando llegué a mi casa todo parecía exactamente igual. Nada de suerte ni nada remarcable que me hiciese pensar que había tenido algún tipo de extraña fortuna. Al sentarme en la cama volví a reflexionar sobre aquello de la suerte y me miré las líneas de la mano buscando mi destino. La verdad es que la quiromancia es algo que se practica sin saber, la mitad de las veces de cachondeo. Aún así, intenté descifrar mi destino en las pequeñas hendiduras de mis manos. Recorrí, una y otra vez, los caminos que dibujaban en la palma de mis manos, recordando su significado, las veces que siendo más joven me las habían leído. Sin nada que me aportase más información de la que ya tenía acerca de mi destino, gracias a mis pasos y decisiones. Me incorporé y observé mi imagen en el cristal del armario de la habitación. Mis incombustibles ojeras seguían en su sitio. Mis gafas nuevas de color negro tenían los cristales sucios porque no veía del todo bien. Y mis 80 kilos parecían ser menos en la turbia imagen del reflejo de un antiguo espejo. Me peiné mi reciente medio melena al estilo "Beatel", en un intento de no sesgar mi presente con los tiempos que corrían. Mi rostro estaba muy moreno, los días de sol resplandecían cada día sin más y era fácil tostarse, incluso mi pelo negro se estaba volviendo castaño mientras se quemaba cada día más. Observé algo bajo el armario. ¡Mis llaves de la oficina!

Fue inevitable. Evidentemente pensé en *Chance*. Era absurdo, lo sabía. Mi primera sensación fue evitar creer que él tenía nada que ver. De todos modos las hubiese encontrado al barrer y si aquello era la suerte que me había proporcionado… Ya podría haberme encontrado un billete de 500 euros. Eso sí que hubiese sido tener suerte. Otra vez volví a caer en la cuenta de que había deseado dinero. Me dijo que todo el mundo quería eso en realidad y tenía toda la razón. Pero la imagen del viejo en Zamora, en la fila del banco, antes de ingresarme la parte del premio que me correspondía volvió a mi memoria.

Capítulo 5

Llegué temprano a la oficina y Roberto me espetó lo mucho que lamentaba lo del sorteo, le contesté que desde ahora iría a ver a *Chance*, tras lo que solté una sonora carcajada que incluso le molestó.

-¿Tú también has ido a ver a ese gabacho?

-¿Por qué? ¿Tienes algo en contra de él?

-Una vez fui a verle y me dijo que era demasiado ambicioso para hacer que me tocase algo. ¡Qué sabrá ése! Lo necesito igual que todos los demás. Además, estoy seguro de que me hizo algún tipo de conjuro para que no me toque nada. Es imposible tener tan mala suerte como yo, aunque bueno, si te dice que compres un boleto de lotería, compartiré contigo la mitad de lo que te cueste y, por supuesto, la mitad de los beneficios.

-Mira, yo no creo en esas cosas. Así que no creo que le haga mucho caso si me sugiere algo por el estilo, son tonterías y chifladuras de un loco, yo no creo en poderes ni cosas así.

-Ya, pero si te da algún número lo compramos juntos.

-No, de eso nada. Una cosa es que no crea y otra muy distinta es que por una vez intente creer, sólo por ver que pasa.

-Pues vale, egoísta, ahora resulta que sí que crees en algo… Seguro que tienes hasta un número de la suerte.

-Pues sí, como todos. Cualquier niño tiene un número preferido, al igual que un color.

-Sí, pero los números es algo distinto porque con ellos se pueden hacer apuestas.

-Es absurdo.

-¿Recuerdas la última vez que escogiste algo con tu número de la suerte?

Recordaba claramente que hacía sólo unos días que tuve que elegir entre dos libretas y como no sabía cual me gustaba más elegí una porque su precio terminaba en cinco, mi número preferido. Lo peor de todo es que sabía perfectamente cuál era mi número preferido o de la suerte y por qué lo tenía. De pequeño siempre tuve cinco amigos, mis mejores amigos. Además de que pensaba que la virtud estaba en el término medio. Incluyendo otro factor importante, simplemente me gustaba y no sabía la razón.

Salimos del trabajo a las dos, como de costumbre. Había quedado con los compañeros del trabajo para tomarnos unas cervezas aquella noche. Tenía por delante un par de horas. Era el lunes más aburridos que había tenido hasta ahora y realmente no tenía ganas de volver a mi casa, así que decidí ir a ver a *Chance*, era una alternativa, tenía unas cuantas preguntas pendientes, quería saber si también creía que podía maldecir, como Roberto me había contado.

Esta vez el camino y la casa estaban más solitarios. Tomé la última curva hasta la casa y vi el coche de Roberto, por unos segundos pensé en si debía acercarme o no. Nada más aparcar el coche, una cabeza se asomó a la ventana, tras correr la cortina, al tiempo que Roberto salía por la puerta. Caminó deprisa hacia mí, me explicó que aquel hombre era un impostor, que todo era una estratagema para quedarse con el dinero de la gente y salió, prácticamente corriendo. No me dio ni tiempo a replicarle.

Chance salió en seguida, gritando, haciendo enormes aspavientos, pero Roberto tardó menos que un segundo en desaparecer súbitamente.

-¿Qué ha pasado?

-¿Lo conoces de algo? Me dijo que eras un compañero del trabajo.

-Sí, trabajamos juntos.

-Está un poco desequilibrado. ¿Qué te dijo?

-Nada…

-Dime.

-Que eras un impostor.

-No me extraña, quiere que le toque la lotería a toda costa, pero como te dije, no puedo darle esos regalos a quien no se lo merece. ¿Le hablaste de nuestro encuentro no?

-Sí. Pero no pensé que fuese nada importante, aquí te conocen todos.

-Roberto y yo tuvimos un enfrentamiento hace algún tiempo, quería mi suerte para hacerse rico y le dije que no. Le falta mucho para poder recibir ese regalo y lo malo es que tampoco quiere que se la dé a nadie, como es tu caso. Al hablarle de que te iba a dar suerte se habrá enfadado, pero esta vez se ha pasado, la próxima vez que vuelva llamo a la policía.

-Siento haberte metido en esta situación.

-No es culpa tuya. ¿Y dime? ¿Qué haces aquí otra vez?

-Pues quería hacerte un par de preguntas, aunque ya volveré en otro momento.

-Ahora es un buen momento, tomemos algo mientras me explicas detenidamente a qué debo el honor.

Entré de nuevo en la casa, había muchos papeles tirados por el suelo y uno de los ordenadores también, lo que ignoré para no seguir con el tema. Se metió en la cocina a poner un par de cafés y acto seguido volvió a la habitación de los ordenadores para recoger el que estaba tirado. Sin que se diera cuenta, me fijé en un papel arrugado que estaba en el suelo con varios números garabateados, no era la letra de Roberto porque la conocía del trabajo. Tenía que ser la de *Chance*. Todavía no sé por qué lo hice, pero memoricé aquellos números.

-Cuéntame.

-Pues... La verdad es que quería saber si también puedes provocar la mala fortuna.

-¿Quieres que le desee mala suerte a alguien?

-No, para nada, precisamente Roberto me dijo que tal vez le hubieses causado circunstancias poco propicias para que le tocase la lotería.

-¿Yo? Está completamente chiflado. ¡No puedo desear mala suerte! Sólo la buena.

-Eso me consuela.

-Ni caso, ése no te causará más que problemas.

-De todos modos ya sabes que yo no creo en esas cosas...

-¿Seguro? ¿Y qué haces aquí? Ah... Ya te ha sucedido lo que te dije que te pasaría. ¿Verdad?

-Si te refieres a que tendría buena suerte, lo único que me ha sucedió es que encontré una llaves que había perdido.

-¡Tampoco tenía que ser algo importante! Pero te ha sucedido.

-Fue pura casualidad, ¿y si tus poderes sólo valen para eso?

Durante unos minutos seguimos discutiendo sobre aquello hasta que decidí irme. Nada más entrar en el coche apunté en un papel arrugado los números que había visto. Tuve una extraña sensación, de la cabeza a los pies me recorrió un escalofrío ante lo desconocido.

Tuve un sueño, los números recorrían mi habitación, me desperté entre sudores fríos y convulsiones. Abrí los ojos y volví a ver, grabados en mi mente, aquellos números del papel. Pensé en lo que haría si me tocase la lotería, podría retirarme y viajar por todo el mundo, hacer lo que me diese la gana, despertarme entre sirenas en un sueño infinito, bailar con los diablos de las noches profundas en una ciudad italiana llena de máscaras, cantar a los atardeceres de Estambul o a las lunas sin descanso de un pueblo perdido muy al norte en invierno.

Llegué tarde al trabajo. Me remordía la conciencia por haber robado aquellos números, pero era demasiado tentador. El dilema estaba claro: dejar a un lado mis prejuicios y probar suerte.

Lo primero que pasó por mi cabeza fue apostar los números en la lotería diaria. Cuando llegué a la administración pedí uno de esos números electrónicos, el hombre tardó un poco en buscarlo. No sabía, porque no jugaba nunca, que me faltaban dos números, así que puse el cinco, lo puse en primer y último lugar. También creí haber soñado con aquello.

Tuve temblores nerviosos, a ratos alegres y a ratos malos. Preguntando a todos por sus números de la suerte y si tenían amuletos. Toda la oficina tenía números de la suerte, aunque nadie se extrañó de mi comportamiento, incluso muchos llevaban un amuleto como una moneda antigua o un colgante que tenía no sé qué extraño poder. Lo más sorprendente fue una especie de talismanes en forma de diamantes, de varios centímetros y distintos colores, que una chica tenía sobre su escritorio.

Capítulo 6

Las 12 del medio día, un pequeño descanso y las dos horas restantes serían un visto y no visto. De repente apareció Roberto, hacía su recaudación semanal para las apuestas de la semana, yo también participaba, lo hacíamos todos. Nunca miraba los números con los que jugábamos, pero aquel día pregunté. Al rato vino Roberto y me dijo que me callase. Siempre jugábamos unos números, entre todos, que resultaba que eran los que él quería. Me contó que un día decidió jugar siempre una serie de números y durante dos años no paró de hacerlo. Ahora ya no podía dejar de jugarlos porque los había memorizado. Decía que si al final salían sin haberlos jugado era capaz de suicidarse, según él ése era su tormento.

De repente estornudé.

-¡Primitiva de seis!

-¿Qué?

-Primitiva de seis. En vez de decirte salud o cualquier cosa prefiero desear que te toque la primitiva. Es lo mejor que te podría pasar, es mucho más que desearte suerte.

El día pasó tan despacio que tuve miedo de no soportar que llegase el día siguiente. Casi no pude dormir, pensaba en lo estúpido que era en creer en aquello, pero albergaba una extraña esperanza. Tal vez creía en la suerte más de lo que yo pensaba. A las cinco de la mañana caí rendido. Dormí dos horas y media hasta que sonó el despertador. Cogí dos tostadas y puse dos lonchas de jamón en medio. Salí de la casa sin ni siquiera tomarme el café. Había una cafetería frente a la administración, esperé sentado en la barra, tenía mala cara. Me observé en el cristal del café, entre una botella de vodka y otra de güisqui, parecía demacrado. Mis ojos tenían un brillo extraño, me recordaban a los de alguien, se me antojaban ajenos, al tiempo que conocidos. ¡Era la mirada que Roberto tenía cuando hablaba del juego!

El ruido de la verja de la administración me despertó del trance. Pagué lo más rápido que pude el café y me adentré el primero en el local. Cuál fue mi sorpresa cuando detrás de mí apareció, como no, Roberto. No me hizo mucho caso al principio, sólo se interesó por los números que había jugado. La verdad es que le mentí, quizás también hubiese jugado los números de casa de *Chance*.

-Nada.

-¿Nada?

-Ahí tienes la combinación ganadora.

Me fijé detenidamente. ¡Habían salido los mismos números que había en el papel! Pero en otro orden, excepto los dos cincos que yo había puesto. Me di la vuelta y Roberto tenía la misma cara de descompuesto que yo. Miraba los resultados en un tablón con un montón de papeles de apuntes en la mano. Maldecía y esputaba toda clase de improperios.

-Nos vemos ahora.-dijo Eduardo.

-¡Me cago en la leche! Me ha tocado el reintegro y un pequeño premio. Podía haberme hecho millonario. Puse el seis porque era la hora a la que nos encontramos en casa de *Chance*.

-Lo que me faltaba es que me echases las culpas. Menuda estupidez.

-Ya, pero mírate aquí conmigo llegando tarde al trabajo por mirar los números de la lotería.

Las palabras de Roberto en la administración resonaron en mí durante todo el día, al igual que la sensación que tuve al sentirme como él y el regusto de pensar en ganar un montó de dinero. Era innegable que *Chance* había acertado los números, pero por qué sólo unos pocos. Debía aprovechar la oportunidad que me había brindado de que me tocase la lotería y volver otro día a su casa para que me diese una combinación ganadora.

Recordé de nuevo por qué no jugaba a nada. Aquella tarde, en Zamora, cuando un viejo demacrado se acercó hasta mí para decirme que era la primera persona que le devolvía una sonrisa por la calle y que acababa de ganar un suculento premio. Me explicó que llevaba deambulando por las calles mucho tiempo, en realidad era pescador, el destino le había llevado hasta allí detrás de una mujer, ahora estaba en la calle sin nada. Decía que le había tocado la lotería y que durante mucho tiempo nadie le había prestado atención, ni siquiera para sonreírle. Según él, acababa de cobrar el premio en el banco de la esquina, pero como nunca le había ayudado ni preguntado en su vida cuando en aquellos momentos hubiese deseado que un desconocido se acercase a él para solucionarle la vida, decidió que la primera persona amable recibiría una buena parte del premio que acababa de tocarle. Me llevó a rastras hasta el banco, ya en la fila, mi sonrisa era de oreja a oreja. Cuando faltaban tres hombres parar llegar al cajero que nos atendería, el viejo se fue al servicio. Al llegar mi turno todavía no había vuelto… Me fui al servicio a buscarlo y nada, desapareció sin decir nada. Al principio pensé que se trataba de una broma, luego creí que estaría loco y al final que simplemente me había comportado como un avaricioso al que no le importó que la suerte le sonriese sin más. Aunque había pasado tanta vergüenza de mí que me juré nunca más jugar a la lotería ni tentar a una suerte que no me mereciese de verdad.

Debía dejar pasar un poco de tiempo, sabía que no lo soportaría y tenía que buscarme una distracción. Sobre las ocho de la tarde ya había perdido mi auto control, monté en el coche y me dirigí a toda velocidad hasta "La casa azul". Había un par de personas rondando por los alrededores y tres haciendo cola. Aparqué fuera de la carretera, donde no molestase. Quería acercarme sigilosamente, había una persona mayor delante de mí en la cola, justo al ponerme detrás, apareció *Chance* despachando a una chica. Esta vez ni siquiera hizo el amago de hacerme pasar delante de los demás, intuyó a lo que había venido y consideró que aquella visita era de otra índole. Simplemente me saludó desde lejos, sin decir nada e hizo pasar a una señora mayor. Delante del hombre mayor, al que le tocaría después, había un chico de unos 16 años con una cesta de frutas. El anciano se dirigió a él como si lo conociese, llevaba un regalo al francés porque había hecho que su familia sacase unos cuantos números que les habían dado algún dinero. Su madre le encargó llevarle unas manzanas y unos plátanos, en señal de agradecimiento. Me sorprendió que explicase que tenía que darle unos 100 euros que llevaba a buen recaudo en su pantalón.

Cuando quise darme cuenta me tocaba a mí y ya tenía a dos personas más esperando detrás. Solía tardar unos cinco minutos con cada visitante, no era demasiado y la cola duraba poco. Al momento salió el chico joven.

-Entra amigo, tengo algo para ti.

Durante el breve espacio que duraba el trayecto entre la puerta del jardín hasta que me senté en el sofá no hablamos, la situación era un tanto extraña, ambos sabíamos a lo que había ido.

-¿Vienes a que te dé los números de tu suerte?

-Sí.

No me anduve por las ramas.

-No te preocupes, ahora te saco un papel con tus números. Antes tengo que explicarte un par de cosas... No soy una calculadora, tal vez no te toque un premio multimillonario, incluso tal vez no te toque nada. Quién sabe, no soy infalible. Sólo tienes que conocer las reglas, como yo no puedo hacer que me toque a mí y estoy empleando en ti mi preciado tiempo, de lo que te toque me tienes que dar el 20 por ciento. Aquí tengo un contrato que tienes que firmar y aunque no lo creas, compruebo todos los números que doy a quien viene. Ni se te ocurra pensar que si te toca no lo sabré. Además, la isla es muy pequeña y me enteraré enseguida. Recuerda, tal vez tengas que venir unas veces, yo domino los números aquí pero la suerte, desde que te los doy hasta que llega, varía con cada uno de tus movimientos. Todo está relacionado, pisar una hormiga, ahora al salir de la casa, podría cambiar el rumbo de los acontecimientos en Australia. Ya sabes... Todo el universo está en conexión. En este preciso momento los números ganadores son estos. Hasta mañana no sé lo que podrías alterar. Tampoco se trata de encerrarte en un tu casa, ya que podría ser eso lo que alterase el curso de los acontecimientos, compórtate como siempre. ¿Alguna pregunta?

-Las administraciones estarán cerradas cuando llegue.

-Ya lo sé, son los números de dentro de dos días, así que tienes menos posibilidades.

-¿No es mejor que vuelva mañana?

-No, el destino y los elementos que interaccionan entre sí han querido que vengas hoy.

Era otra persona distinta, su actitud fue fría. Ahora estaba trabajando. Comprendí perfectamente que él quería su parte del pastel y admití que era lógico. Entró en la habitación de los ordenadores. Cerró la puerta con sigilo y salió al momento. Me dio un papel con varios números y me explicó que ése era el orden.

-Olvidé preguntarte para qué juego los querías, así que te traje el de la lotería diaria para que no haya tanto margen de días.

-¿Te puedo pedir los números de cualquier juego?

-Ni te imaginas la de gente que viene cuando hay un premio gordo a punto de salir en cualquiera de los juegos. Pero perdona, ahora es cuando tienes que firmar el contrato y te daré tus números. Léelo atentamente, es muy simple.

Eran dos párrafos en los que explicaba claramente aquella transacción en la que simplemente, donaba el 20 por ciento de mis beneficios de cualquier apuesta de juego que utilizase aquellos números, especificando el día.

-Ahora es cuando tengo que explicarte la segunda parte del contrato; podrás venir una vez por mes, únicamente. Esta última parte tuve que añadirla porque había gente que volvía cada día y se ponía muy pesada. Aún así hay quien me trae regalos o sencillamente me da dinero para que les juegue algunos números, sabiendo perfectamente que esos números ya no portarán la suerte, sino la simple casualidad, pero en realidad todos esperan que también les de algo de suerte. Son números que sencillamente elijo para todos cuando voy a la administración de lotería, es como una apuesta común. Espero que te haya quedado claro.

-Por supuesto, durante un mes no puedo volver a pedirte consejo sobre ningún número.

-Créeme, ya he tenido que llamar a la policía y no dudaré en hacerlo contigo también, si te pones pesado, la gente ya lo sabe por aquí, tengo tu firma y un contrato, podría desplumarte por acoso.

Me sorprendió esta última parte de la conversación por la frialdad con la que me exponía que podría llegar a denunciarme sin dudarlo. Cosa que entendí lógica, dentro del poco espacio para la cordura que todavía me quedaba en aquellos instantes.

-Puedes visitarme cuando quieras, lo que dudo que vuelvas a hacer si no es para pedirme suerte. Sé que acabamos de zanjar una amistad verdadera, ya nunca más volverás a verme con los mismos ojos, así que encantado.

-No me digas eso hombre, podemos seguir siendo amigos.

-Es un consejo, acabamos de romper nuestra amistad para ser socios empresarios, recuerda esto bien y te irán mejor las cosas. Para mí acaba de empezar una relación muy distinta.

Capítulo 7

Dos días. Dos interminables días de suplicio en los que memoricé los números hasta lo más profundo de mi cerebelo. Trataba de esquivar a Roberto, seguro que me recordaría que yo no creía en la suerte y que le diese la mitad de mis futuras apuestas con Jean. Lo que, menos el 20 por ciento de *Chance,* podría quedarse en poco, a menos que me tocase un buen premio. Harto imposible porque en la lotería diaria los premios no eran muy altos.

Durante el descanso, sorteé las invitaciones que me hicieron para tomar café en el pequeño cuarto que teníamos con una cocinilla, una especie de sala de juntas en la que tomábamos grandes decisiones sobre lo que hacer por las tardes o se leía el periódico.

A mitad de mañana, salí sigilosamente por la puerta delantera sin llamar mucho la atención. El portero se percató perfectamente de mi salida, mudo como una estatua, no diagnosticó ninguna muestra de interés en mis movimientos evasivos. Era común que muchos de nosotros saliesen a mitad de mañana para hacer distintos recados rápidos, en la mayoría de los casos se sabía dónde iba todo el mundo, nadie decía nada porque tal vez mañana tuvieses que salir tú al día siguiente.

En la administración de lotería la chica me recibió como un cliente habitual, un saludo complaciente me indicó que podía usar sus servicios de nuevo. Pedí el billete de lotería con los números exactos y en el orden que ya sabía. La chica me miró durante unos segundos, mientras el número aparecía en su ordenador. Creí que sabría que había estado en "La casa azul" en busca de aquella combinación, como la primera vez. Sonrió sin decirme nada, le pagué y salí corriendo, prácticamente. Antes, guardé cuidadosamente el boleto que me haría rico.

Supongo que mi cara y mi actitud cambiaron de súbito. Al entrar otra vez al trabajo, el portero se movió con una gran sonrisa hacia mí y me dijo que si tenía un buen día.

Estuve pendiente de las horas, de las personas que rotaban a mi derredor. La consigna, no hacer nada fuera de lo común, cualquier cosa podía alterar la suerte que tenía que conservar hasta mañana. Estaba extrañamente confuso, nunca creí que pudiese verme en aquella situación tan caótica. Yo me consideraba un escéptico empedernido y había caído seducido por la fe en lo inexplicable como única forma de sobrevivir a una vida. Con la mente puesta en cambiarla por otra mejor, gracias al dinero. "Mañana es el gran día", me regalé, antes de cerrar los ojos y despertarme en un sueño muy real. Tenía una relajación inaudita, estaba convencido de que me tocaría.

Siete de la mañana. Tengo el boleto en mi mano derecha y todavía quedan 30 minutos para que abra la administración, no puedo mirar los números en la prensa porque llega más tarde de lo habitual a la isla. Ayer tampoco pude escuchar la radio porque no sabía si darían la combinación ni a qué hora. Mi televisión es antigua y tampoco tiene teletexto.

Esperaba impaciente de pie, solo, frente a la puerta, me daba igual lo que la gente pensase. Me había tocado y quería mi premio, qué me importaba lo que la gente opinase de mí. De todos modos me iría hoy mismo de la isla, ingresaría el boleto en el banco y me alejaría lo más rápido posible de aquel lugar.

La chica llega a su hora. Le daré una propina después.

-¡*Chance,* eh!

-¿Perdón?

-¿Te dio él los números? No es infalible. Le toca a alguien alguna vez, pero poco.

Mientras abría la verja me preguntó qué números tenía. Se introdujo y desde el interior oí una voz que me decía:

-¡Lo siento! Sólo tienes el reintegro.

-¿Qué? ¿Sólo el reintegro?

-Sí, pasa y te lo abono.

Me hundí en el tiempo que tardé en cruzar los escasos dos metros hasta la ventanilla de la chica. Sentí una vergüenza atroz por parecer un ludópata. Evité mirarla a la cara y recogí las monedas. Al salir de allí escuché la voz de *Chance* a lo lejos.

-¡Soy yo! ¿Qué tal? El reintegro, ¿eh? Otra vez será. Ven dentro de un mes y ya veremos si puedo afinar más.

-Pues sí. Bueno, me voy al trabajo. Hasta pronto y gracias de todos modos.

-Espera... Olvidas algo. Mi parte.

-¿Qué? ¿Tú parte? Si me ha salido sólo el reintegro.

-¿Te recuerdo el contrato que tenemos?

-¿Estás de broma? Si no tendrás ni para un café.

De repente empezó a gritar.

-¡Policía! ¡A mí! ¡Policía!

-¡Espera! ¡Ten!

-No intentes estafarme otra vez mi dinero. Ya sabes que no me ando con tonterías.

Toda la calle me miraba, ahora sí que me sentía avergonzado, incluso algún compañero del trabajo que pasaba por allí había sido testigo de la bochornosa situación. En cambio él estaba tan tranquilo, como si fuese normal tal ridículo vocerío por unas monedas.

Cuando llegué a mi mesa se acercó una compañera que me susurró al oído que las deudas había que pagarlas.

-Sólo es un buen hombre que hace el bien al que puede. Aunque también tiene que vivir y cargar con ese peso. Es normal que se enfade. Recuerda que ahora eres un cliente, no un amigo. Con el dinero no se juega.

Capítulo 8

La semana se hizo interminable. No sabía dónde meterme. Era incapaz de mirar a nadie a la cara porque todos sabían lo que había tramado. Para colmo. Me relacionaba mucho con Roberto y pensarían que yo también tenía un problema con el juego. Aunque en realidad me daba igual porque no era cierto.

Ahora no sé qué hacer. No puedo dejar de fijarme en la cantidad de dinero que la gente apuesta todos los días en los bares, en los cafés, en el trabajo, hasta en el supermercado venden lotería. Incluso puedes jugar enviando mensajes de texto a los programas de televisión. Por no hablar de Internet, donde todo el mundo es anónimo y juega sin control. Como el conserje, al que había visto delante de un ordenador varias veces creyendo que miraba su correo electrónico. Un día me fijé porque olvidó cerrar la página, apostaba a las carreras de caballos, nunca lo hubiese imaginado.

Era la una del mediodía. Volví a recordar el instante en el que la verja de la administración se abrió y lo feliz que me sentí. Pocas veces había tenido la sensación de ser un ganador. Aquel día la tuve y era difícil olvidarla. Había guardado el número en un cajón, pero sentía su presencia dentro de mí. Rondando pensamientos con sus silbidos de mejorar mi vida. Me sentía incapaz de asimilar lo que sentía en ese momento. El vacío ante la decepción era brutal, indescriptible, tan doloroso y penoso que hasta sentí lástima de mí. Entendía a aquellos que ponen todas sus esperanzas en una ilusión cuando no tienen nada a lo que aferrarse, menos mal que yo sí que lo tenía.

En mi mente apareció, por arte de magia, la imagen de una señora mayor. Con su familia e hijos. Sus quehaceres cotidianos y habituales compras, que aprovecha siempre para apartar algo de dinero e irse con las amigas al bingo. Historias

41

que se conocen luego, cuando después de varios años la pobre mujer se está gastando la paguilla que le quedó al enviudar y no tiene ni para comer, porque se gasta todo el dinero en el bingo. Momento en el que los hijos reconocen que su madre es una ludópata y tienen que ayudarla. La diferencia es que yo no tenía hijos. Si me llegase a ocurrir algo así, sería catastrófico. Mi ex mujer ya tenía su vida rehecha y me diría que ya era mayor para andar con tonterías y que, por supuesto, era mi problema. Y mis padres, con lo mayores que eran ya. Encima, tampoco tenía hermanos a los que acudir.

¡Basta! Es la última vez que juego a nada. Siempre supe que no debía apostar porque no me traería nada bueno. Simplemente lo sabía. Lo sucedido había sido una buena muestra de ello. Soy incapaz de jugar sin llegar a tener un grave problema, lo importante es reconocerlo.

-¿Te quedas a terminar algo aquí?

-No, me voy también.

-Se me ha ido el santo al cielo.

-Pues sí, porque estos minutos ya no te los están pagando… Por cierto, no te preocupes, todos hemos ido, o pensamos en algún momento en acudir a él. Media isla ha ido ya a verle, mis amigos van una vez al mes. De igual forma juegan todas las semanas y como nunca se sabe… Así que no le des más vueltas. Mira, esta tarde me voy a dar una vuelta. ¿Te apetece venir? Voy a ver unos acantilados que me encantan.

-Gracias. Me lo pienso y te mando un mensaje para confirmártelo.

La proposición vino de una chica que también trabajaba conmigo y había venido de la península hacía muchos años. Al final se sacó la plaza y se terminó quedando. Parecía buena gente, tenía unos 50 años, no los aparentaba, su piel todavía no se le había arrugado demasiado y cuidaba permanentemente una largísimo melena rubia que le llegaba hasta la cintura. Lo único que no me gustaba es que parecía una vieja verde, no porque mirase de arriba abajo a todos los jóvenes que pasaban junto a ella, tenía derecho la pobre mujer, sino porque vestía como una quinceañera, enseñando todo lo que podía su pecho, y se prodigaba en lascivas miradas de deseo a todos los hombres. Al principio me ponía nervioso, luego comprendí que era de cachondeo. Estaba casada hacía mucho tiempo. Incluso un día me dio una palmadita en el culo al pasar, porque le apetecía. Yo simplemente me reí. Sin olvidar que si yo se lo hubiese hecho a una mujer sería motivo suficiente para denunciarme por acoso.

Magda llega puntual. Espero que hoy se deje de bromitas. Me fío de ella, pero me pone tenso cada vez que me mira de esa forma. Entorna sus sibilinos ojos y sonríe dejando al descubierto sus amarillentos y sucios dientes. Será cosa de la edad, porque no fuma.

-¿Nos vamos?

-¡Cuándo quieras!

-Tú me indicas el camino.

Durante todo el trayecto me estuvo contando que su marido también era funcionario y que aparte, había montado una pequeña empresa que le tenía ocupado todo el día. Cuando el marido salía del trabajo, se iba a ver su negocio, por lo que no le quedaba mucho tiempo para ella.

-Mi marido es demasiado trabajador, no para ni un momento, olvidándose de que me tiene que atender más. Ya no quiere salir a pasear, ni a bailar… Yo tampoco le pido que hagamos grandes viajes. De vez cuando ir a ver a mis padres o mis hermanos, mi familia es de León. Seguro que un chico joven como tú, y sin compromiso, no para ni un momento.

43

Haces bien, la edad no perdona y los años pasan volando. Más rápido de lo que crees. Recuerdo cuando llegué aquí, igual que tú, para cubrir bajas. Tenía 22 años y muchas ganas de descubrir el mundo. En mi familia no vieron con buenos ojos que me trasladase a vivir tan lejos. Eran otros tiempos. Pero aquí estoy. Conocí a mi marido el mismo año que me saqué la plaza. Estuve varios años trabajando de interina. Al final te cansas y decides que lo mejor es estudiar para quedarte con la plaza definitivamente. Durante varios años pensé muchas veces en pedir una excedencia, que nunca llegué a solicitar por no dejar solo a Juan. Quería formar una familia y todo eso. No sabía que era estéril y mis sueños se quedaron en nada, como la gente de esta isla. Nacen y mueren aquí, no desean ir a ninguna parte que no sea su isla. Pero hay veces que desearía salir corriendo y nadar hasta donde fuese. Si supieses cuántas veces he tenido el "mal de la isla", como lo llaman comúnmente.

-¿Qué es eso?

-Es la sensación de querer escapar de aquí y darte cuenta de que no puedes. Tienes que esperar un barco o un avión. Quizás no haya billetes, haga mal tiempo. Incluso puede que sea demasiado caro. Cuando te suceda lo sabrás. De repente tendrás la sensación de que todo lo que te rodea es mar, no hay escapatoria. Entonces conocerás el auténtico significado de estar aislado.

Madga reflexionó durante unos instantes.

Este chico no sabe dónde se acaba de meter. Cuando lleve tres meses aquí y vea que sólo puede ver a su familia cada cierto tiempo, en vacaciones, y que aquí no hay todas las facilidades de las grandes ciudades, se dará cuenta realmente de dónde está trabajando. Está cometiendo los mismos errores que cometí yo, pero al final sólo aprendemos cuando nos equivocamos nosotros mismos. Es joven y tiene tiempo de no acomodarse a una vida de la que ya nunca podrá escapar. Cuando te creas caprichos y necesidades es difícil dejarlas a un lado. Te vuelves vago y estás demasiado acostumbrado a vivir bien como para empezar a pasar miserias de nuevo. Además, todos saben que se acaba de separar y vino aquí para escapar de algo que no le gustaba demasiado. Aquí le pagan bien. La mayoría de la gente se queda aquí por ese motivo y luego no sabe ni en qué gastarse el dinero. Tal vez sea demasiado fácil caer en la rutina. Yo soy la primera que ahora sería incapaz de dejar esta vida en la que me permito todo lo que puedo. También gracias a todo el tiempo libre que tengo, por las pocas horas que trabajamos todos los días. Al igual que la vacaciones. Es demasiado fácil acostumbrarse a este tipo de vida. Cada vez que me recuerdo con 22 años sé que no volvería aquí otra vez. Haría lo que fuese. ¿Pero quién deja esto ahora?

El otro día me contaron lo que le sucedió con *Chance*. Vas por el mismo camino que Roberto. Al final le atrapará, como ha hecho con toda la gente de la isla, incluso más, por su deseo de irse de aquí a toda costa, igual que yo. Tampoco es cuestión de decirle que yo también voy a por un poco de suerte cada mes, desde hace cuatro años, cuando me percaté de que mi belleza y mi juventud se estaban marchitando a pasos agigantados. Fue cuando el francés empezó a coger, verdaderamente, fama, tras dar un premio gordo a una familia de ancianos, al poco tiempo de haberse instalado aquí. Lo que nadie sabe es qué sucedió con Roberto y él. Al llegar a la isla se hicieron buenos amigos, así estuvieron durante un par de años. Supongo que Roberto no era su amigo. Lo único que deseaba era que le otorgase la suerte de un premio. Igual que le pasó el otro día a Eduardo. A todos nos ha pasado en cierto modo. La primera decepción es la que más duele, aunque

45

claro, también hay a quien le toca un premio a la primera. Lo que nunca ha pasado es que le dé a nadie un premio multimillonario. Él explica que nadie merece tanta suerte y que con la que nos da ya andamos sobrados. Unos años antes de que él llegase, sí que tocó un gran premio y todo el mundo se acuerda. Muchas familias se enriquecieron y, hoy por hoy, son las más adineradas de la isla. Lo que ayudó bastante a que todos los de aquí tengan una obsesión compulsiva por los juegos de azar. Además, en una isla hay pocas cosas en las que entretenerse.

-¿Te digo una cosa Madga? Nunca antes había creído en lo desconocido. Ahora sí. Me doy cuenta de que en realidad tengo las mismas explicaciones que antes para cerciorarme que no existe nada más allá de lo humano.

En su interior, una extraña sensación le quebraba cada día sin saber por qué. Era superior a él. Estaba ahí dentro, anidando la manera de dominar su vida.

-Tranquilo. Todos jugamos de vez en cuando. No tiene nada de malo, excepto que apuestes lo que no tienes o algo que de verdad no querrías perder.

-Ya lo sé. El problema es que nunca había jugado. Siempre pensé que era ridículo eso de perder dinero con el azar. Desde pequeño siempre veía a gente que lo hacía como desesperada que ambicionaban cambiar de vida y eran incapaces de hacerlo en realidad. Lo único que les quedaba era soñar que una mano divina les tocase para poder hacerlo. Cada final de mes, después del fin de semana, en las grandes fiestas: las administraciones de lotería se llenan de gente. ¿Nunca te has parado a fijarte? Es como una procesión de esperanzas después de saborear lo que es no tener que trabajar. ¿Y para qué? ¿A cuántos de ellos les toca? ¿Sabes cuánto dinero se dejan? Yo creo que no es la forma de articular los sueños. Por eso me siento tan mal con lo que me está pasando desde que conocí a *Chance*. Para colmo tenemos un ejemplo muy cercano de lo que puede llegar a ser un comportamiento extremo como el de Roberto.

-Pero él es un extremo, tú mismo lo has dicho. Ya te digo que te despreocupes. Quizás tú también quieres cumplir algunos sueños que ahora te son imposibles de llevar a cabo. ¡Y qué quieres que te diga, somos humanos!

Tengo que dejar de contarle mi vida a los desconocidos. Pensarán que me estoy volviendo un ludópata, seguro. En definitiva, tampoco es ningún problema porque todavía soy consciente de lo que me está sucediendo. Vale, hay un tío que es capaz de acertar unos números de vez en cuando. Y sí, soy humano y también me gustaría dejar de trabajar para dedicarme al puro hedonismo.

Ya es muy tarde y he hablado más de la cuenta., le diré que nos vamos, después de darle las gracias por escucharme. Es algo difícil de entender, cuando estás tan lejos de todo, necesitas desahogarte de vez en cuando. Ahora sé lo que es estar aislado. De la familia, de los amigos, etc. De aquellas personas que siempre tienen un momento para prestarte su atención y que te escuchan con cariño, aunque la verdad es que Magda se ha portado muy bien conmigo.

La vuelta fue casi un completo silencio por mi parte, ella me contaba cosas del trabajo. Yo imaginaba aquellos momentos en los que me sentí abrumado por tener que contar algo. Simplemente la escuchaba sin atención. Sus palabras rozaban mi interés hasta que me predijo lo que sucedería al momento. Mi coche era antiguo. Al dejarlo con mi mujer ella se quedó con el coche bueno y yo me llevé el que estaba para la chatarra, ya que en la isla no tendría que hacer muchos kilómetros. Miré por el retrovisor y allí estaba él, era uno de los amigos de Roberto, parecía haber salido de una finca que acabábamos de dejar atrás. Íbamos muy despacio porque el radiador perdía agua y no quería calentar el motor del coche demasiado. Tardó unos segundos en adelantarnos y hacerme unas extrañas señas al pasar. Magda me avisó de que la curva que venía era muy peligrosa y en cuestión de segundos vimos como el coche que nos acababa de sobrepasar se deslizaba ladera abajo. Paré de inmediato y corrí hacia donde se había empotrado el vehículo, mientras Magda llamaba a una ambulancia. Había ido a parar a una pequeña arboleda situada en la ladera de la montaña. Al llegar, el hombre estaba inconsciente, sangraba a borbotones por la cabeza. Lo saqué del coche y lo tendí en el suelo. Después de 20 minutos se escucharon las primeras sirenas y a los 30, ya lo estaban socorriendo. Por suerte para él, no le pasó nada. Sólo se trató de una leve conmoción. Me sorprendió sobremanera que al sacarlo del coche balbuceara unas palabras. "Alguien te lo pedirá, di que no".

Después de esperar a la ambulancia y contarle a la policía lo que vimos, llevé a Magda a su casa. Cuando llegamos insistió en que subiese para darme algo típico de la isla. Yo estaba cansado y después del accidente tenía pocas ganas de regalos, pero se puso tan pesada que subí. Me ofreció una copa de vino, su marido no estaba y al parecer tardaría un rato.

-Siempre he querido montármelo con un chavalito joven como tú.-Dijo insinuante Magda.

-Anda ya, siempre estás con tus bromas, pero al final hablas mucho y no haces nada.-Contesté inconsciente.

-Niño, quítate los pantalones que te voy a enseñar un par de truquitos de la isla. Este regalito te va a gustar.

Seguía prácticamente en la puerta. Cuanto más me hablaba menos me gustaba la situación porque veía sus dientes amarillos. Me cogió el paquete, sin pensárselo, luego me abrió la bragueta y se la metió en la boca. Al principio no pude parar de pensar en que aquella mujer me daba incluso asco, segundos después ya no podía ni pensar. Se había arrodillado, mientras me hacía la felación me cogía las manos para que la agarrase de la cabeza. Cuando quise darme cuenta todo se había terminado, justo antes de eyacular me dijo que la mirase porque le gustaba que terminasen en su cara. Fue todo al estilo de un porno malo con una mujer mayor. Me sentía turbado por la situación. Se levantó sonriendo, fue al servicio a lavarse la cara y volvió como si nada.

-Aquí tienes mi regalito, ¿te ha gustado?

-Ahora tendré que darte yo algo a cambio... Habrá que...

-No muchachito, déjalo, si te cojo te voy a dejar echo polvo.

-La verdad es que no creo que tengamos que seguir con esto, estás casada y yo no tengo ganas de complicarme la vida. –Pensando en cambiar a una mujer mayor por una más joven y guapa, más bien.

-Pues si no te voy a volver a ver tira para la cama chiquillo. Esto ya tiene que ser rapidito que mi marido vuelve en un rato.

Me llevó hasta el cuarto y me obligó a que la penetrase con fuerza, también a que le arrancase las bragas...

Capítulo 9

Roberto estaba igual de nervioso que siempre. Ya sabía lo de su amigo. Me dio la sensación de que serían más bien conocidos, parecía fingir su preocupación. Le presté la atención justa porque tenía mucho trabajo acumulado, hasta que a última hora de la mañana se acercó a mi mesa para abordar un asunto.

-¿Confías en *Chance*? Si es así te tengo que contar algo después del trabajo.

-Como quieras. Nos vemos a las cuatro en el café del final de la calle.

-Allí estaré, no faltes. Es importante.

Llegué siete minutos antes de la hora. Estaba sentado, tomando café como siempre, escrutando un periódico deportivo minuciosamente.

-¿Quieres hacerte de oro?

-¿De qué me hablas?

-De *Chance*.

-Explícate…

-¿Sabes cómo hace para sacar los números de la suerte?

-Inventó un programa informático que predice los resultados, aproximadamente. Claro, los aciertos no son exactos. Por eso necesita que mucha gente juegue, no creo que lo sepas. Al principio, cuando llegó a la isla, nos hicimos buenos amigos. Él decía que estaba estudiando un programa para acertar la lotería. Yo me reía, hasta que un día acertó un premio y al otro día también. Ganó pequeñas cantidades, como éramos amigos decidió darme a mí también algunos de los números de su ordenador, ¡te fijaste en que los del cuarto siempre están funcionando! Están consiguiendo resultados todos los días, por lo visto es un sistema de probabilidades. El problema surgió cuando nos inventamos aquello de la suerte y que alguien le había dado un poder especial. En realidad se le ocurrió a él. Necesitábamos mucho más dinero para que la gente apostase. Así, las probabilidades de acertar serían mayores. Todo iba bien, hasta que un día decidió que la invención era suya y que yo no hacía más que estorbarle. Le amenacé con contárselo a la policía y llegamos al acuerdo de que a mí nunca me cobraría ningún porcentaje si ganaba. Lo malo es que apuesto con poco dinero, por eso nunca gano.

-¿Por qué me cuentas todo esto? Podría ir ahora mismo a denunciarlo.

-Tú no eres de aquí. No harás nada. Además, qué ganarías. ¿Sabes por qué te lo cuento? Para que nos hagamos ricos tú y yo. Tengo algunas ideas en mente y necesito un socio. Ya he visto hasta qué punto quieres ganar, todos tenemos un precio...

-Todavía no sé de qué me estás hablando. A ver, explícamelo bien. Tú y yo somos dos. Por muchos números que quisiésemos jugar no tendríamos tanto dinero para sacar un tanto por ciento tan alto, si es a eso a lo que te refieres. Además de que no tenéis vergüenza. Estáis estafando la gente, qué pena me dan los pobres. Van allí buscando lo que nadie puede darles porque parece posible. Y resulta que su salvador es sólo un mago que hace trucos con trampa. Tenía que denunciaros ahora mismo. Lo que me estás proponiendo es formar parte de una estafa. Si os cogen os vais a pudrir en la cárcel. ¿No os da pena le gente? ¿Cuántos abuelos vienen a dejarse sus ahorros?

-No, cada uno se juega el dinero que quiere y como quiere, nadie le pone una pistola en la cabeza a nadie para jugárselo. Mira, no voy decir que sea el mejor tío del mundo. Quiero hacerme rico como el que más. ¿Por qué crees que siempre estoy haciendo porras con la gente? Necesito que seamos muchos para apostar tantos números y combinaciones como sea posible. El puñetero programa de *Chance* acierta una de cada 300 veces un premio pequeño, así que deberíamos jugarnos bastante dinero. Hombre, por lo menos acierta algo, que ya es más que nada. La verdad es que ni él mismo sabe realmente como pudo crearlo. Me dijo que fue un intento para ver cómo deducir unas claves de las páginas esas de Internet. Un día, como sabía lo que me gusta jugar (empecé cuando tenía 15 años), probó con la lotería y sí: extrañamente funcionaba, aunque sólo una de cada 300. Los grandes descubrimientos a lo largo de toda la historia siempre fueron por casualidad. Creo que está intentando mejorarlo, pero no quiere decírmelo. Fue lo que viste el día que nos encontramos cuando salía de su casa. Me oculta cualquier cosa nueva que consigue.

-¡Pues menudo descubrimiento ha hecho con el programita!

-Imagínate…

-Escúchame. Sabes que gano lo mismo que tú y que acabo de separarme, ni quiero ni tengo dinero para ayudarte.

-Sí que lo tienes, lo que pasa es que no es tuyo.

-¿Qué?

-Mira, cada mes se hace la recaudación de distintos impuestos. Tú estás sustituyendo a un chico que tiene acceso a esas cuentas del Ayuntamiento, gracias a una tarjeta de acceso.

-¿Qué tarjeta?

-La que tienes en el cajón de tu mesa, concretamente el segundo.

-Ya te he dicho que no quiero saber más, me da igual, no haré nada.

-500 millones de las antiguas pesetas para ti y otros 500 para mí. ¿Podrías retirarte no?

-¿Qué? Tanto dinero. ¿Acertarías todos los números?

-Con una apuesta fuerte sí.

-Olvídalo, no quiero saber más. Prefiero dejar de escucharte.

-Espera, deja que te cuente.

Pagué y me fui de allí lo más rápido que pude. Volvía a tener la misma sensación de días anteriores en los que algo dentro de mí me comía el interior sin poder remediarlo: la codicia. Ahora era cuestión de principios. Me acababa de hacer cómplice de una estafa. Y encima me quería implicar de lleno. ¡700 millones! Prácticamente corrí hacia el coche. La gente que pasaba junto a mí en sentido contrario tenía los ojos como platos al mirarme. Es la impresión que me daba. Las gotas de sudor recorrían mi frente hasta llegar a mi mandíbula, de donde decidían saltar sin rumbo exacto. Mi espalda comenzó a humedecerse. Los ojos de la gente seguían clavados en los míos. Cada vez que me cruzaba con alguien podía casi asegurar si en su mirada tenía escrita la palabra suerte y si estaba siendo estafado por *Chance*.

¡Aquella señora me suena! Estaba en "La casa azul" la primera vez que fui. Hizo un pequeño gesto con la mirada, sólo eso bastó para saber que nos conocíamos. Tal vez es una pensionista y se está jugando la paguilla que le ha quedado. Aunque la verdad es que no le están estafando del todo. Lo único que cree es que el francés tiene algún tipo de extraño poder. Me disgusta que se quede con un tanto por ciento, podía hacer excepciones con las personas mayores. Aunque recuerdo perfectamente cómo se comportó conmigo, fue un impertinente y me dejó en ridículo por la mitad de una devolución. Me gustaría saber la cara que pone la gente cuando de verdad le toca un premio importante y tiene que ir a darle la parte que le corresponde. Aquella persona también me suena… Menos mal, el coche.

Estaba asfixiado. Me senté, puse la radio y comencé a escuchar una cadena de música que me distrajo momentáneamente. Intenté arrancar el motor del coche y no encendía. Volví a girar el contacto y escuché el ruido del oxidado artilugio. Una vez en ruta, tardé poco en llegar a mi casa, allí me mantuve pensativo. Sentado frente al televisor, sin encenderlo, sin comer. Entré en un estado de catalepsia, estaba poseído por una peculiar embriaguez. Era posible cambiar de vida. Había un resquicio de esperanza para mí. Hay poca gente que pueda decir eso con la seguridad que yo tenía al afirmar que me retiraría. Hacer lo que quisiese, para siempre. Sin volver a preocuparme por el dinero. En las limitaciones de la vida diaria y en las del mañana, cuánto valía mi vida y para qué servía mi existir. Agotado, sin aliento durante años. Desgastado en una actividad que por desgracia necesitaba para subsistir. Como todos, tendría que trabajar siempre.

Capítulo 10

La pequeña casa menguaba cada vez más, no tenía nada que hacer allí, nada en lo que centrar mi atención para no pensar en el dinero. Me cruzaba cada día con Roberto, tenía que esquivar el tema, era ilógico fingir que no habíamos tenido aquella conversación. Además, me hacía estar tenso y descentrarme. Era absurdo, sabía que la tarjeta de la que me habló estaba en el cajón y no me atrevía ni a abrirlo. Lo miraba e imaginaba a qué puerta daría la tarjeta y cuál era el plan que había ideado para que no fuese un robo. Pretendía que le hiciesen un préstamo. ¡Podía pedir el dinero prestado! Para mí era imposible porque ya tenía un préstamo sobre la casa y uno del coche.

Entré en el servicio y allí estaba.

-¿Por qué no pedís un préstamo?

-Lo intentamos en su momento. Pero ambos tenemos hipotecas y nadie que nos avale. ¿Por qué crees que *Chance* cobra cualquier dinero por insignificante que sea? Está ahorrando hasta el último céntimo. Necesitaría unos 130 millones de las antiguas pesetas, unos 783.000 euros. Hice las cuentas. Aunque así aseguraría un premio bastante suculento. ¿Sabes cuanto se recauda cada mes aquí? Unos 180 millones. Ten en cuenta que centralizamos muchas de las recaudaciones de otros pequeños Ayuntamientos.

-Estás loco.

-Has visto la tarjeta. Con ella tienes acceso a la cámara acorazada y al ordenador que gestiona las cuentas en el banco. Durante un día tendríamos que desviar el dinero de un par de cuentas a otra, con la que comprar los boletos. Pagaríamos en la administración con un cheque y ya está. Iría a otro lugar para echar el boleto, por supuesto. Cobraríamos el premio el mismo día, un sábado. Iríamos al banco con el dinero, pediríamos un préstamo al instante y nos lo concederían con la garantía del premio que nos acababa de tocar. Luego tendrías que volver al ordenador del ayuntamiento y hacer un ingreso desde una cuenta con otro nombre, ya que controlas todos los datos. Aunque de todos modos bastaría con eliminar el registro de salida y entrada del dinero, de todos modos la cosa quedaría igual.

-Estás completamente chalado. Y baja la voz, aquí podría escucharnos cualquiera. ¿No ves el peligro que corremos sólo con hablar del tema? Podríamos perder el trabajo.

Salí del servicio después de asegurarme que no había nadie en ninguno de los pequeños habitáculos que lo componían. Me deslicé hasta mi mesa con el corazón en la boca, detestaba la idea de vivir en una cárcel y quería olvidar toda aquella tontería. Roberto sabía que tenía que hacerlo yo para que todo fuese bien. La habitación tenía cámaras de video que grababan todo, pero claro, una cosa es entrar y otra muy distinta que nadie sospechase nada. Aún así estaba claro que si veían el video alguien pensaría algo. Aunque claro… Estando el dinero y los archivos borrados. ¡Qué locura! Era demasiado arriesgado. ¿Por qué me lo planteaba? Era absurdo…

La tarjeta estaba allí. Era roja, el color de la pasión y del peligro, todo en uno. Tenía el tamaño de una tarjeta de crédito. Jugueteé con ella durante un rato viendo el nombre del funcionario al que pertenecía y al que por sustituir, había conseguido tener acceso a ella. Por uno de sus lados tenía una banda magnética. Durante horas me pregunté por qué nadie me habló de la tarjeta, hasta que un compañero me vio con ella y me dijo que si había entrado en la sala de ordenadores alguna vez. Le contesté que no y al segundo me condujo hasta la habitación. Allí me explicó que cada mes se ingresaban cantidades millonarias y que de vez en cuando tenían que hacer algunos pagos mediante el sistema, pero casi todo estaba automatizado. Además de que nadie me había dicho nada para no complicarme más la vida, ya que era nuevo. Me aseguró que ya tendría tiempo de entrar para realizar algunas gestiones. Sugirió enseñarme el funcionamiento del sistema la próxima vez que hubiese algo que hacer.

-Otro día vienes conmigo y te digo cómo funciona todo. Es muy sencillo. Metes la tarjeta y ya tienes acceso a todo. Luego es sólo hacer una especie de transferencia por Internet. Ya sabes, como en tu cuenta personal, pero con la cuenta del Ayuntamiento. Mira, aquí tienes desglosadas todas las cuentas... ¿Lo ves? De todos modos otro día que haya algo vienes conmigo y lo haces tú. Lo único que hay que hacer es tener cuidado y poner bien las cantidades.

-¿Y no podríamos hacer una transferencia a nuestra cuenta para redondear el mes?

-Pues mira, es una buena idea. Lo malo es que tardarían poco en darse cuenta. Hay gente que se dedica a revisar las cuentas. Los informáticos las revisan todos los días sobre las 12 y luego se ponen en contacto con los tesoreros para pasarles unos informes. ¡Esos sí que viven bien! Se dedican a ver cómo van las cuentas y saber si alguien se ha equivocado. Ellos son lo que podrían robar, aunque también por eso tienen los sueldos que tienen. Bueno, supongo que ellos también tendrán algún tipo de autocontrol. Si no, ¿te imaginas?

Claro que me lo imaginaba. Era precisamente en lo que estaba pensado. Lo tenía adosado a mis pensamientos. Cada vez que imaginaba cómo sería una vida de película, en los albores de mi consciencia y en cada número que se cruzaba frente a mí.

Dos días y ya está, creo que la baja se me acaba, he podido soportar una semana infernal en la que cada vez que veía la administración de lotería me volvía loco. Menos mal que evité a Roberto. Ahí va otra vez, seguro que un día le da un infarto de tanto café. Está completamente loco. Míralo, si sus compañeros del alma supiesen lo que pretende. Sin olvidar que es el cómplice de un embustero, qué forma de saludarme. Se puede tener cara. Aunque algo de bien sí que le están haciendo a la isla, algunas familias que lo necesitaban han tenido buena fortuna con las predicciones informáticas de *Chance*. Qué le vamos a hacer. No me extraña que incluso le lleven regalos. Podría entenderse como repartir el dinero entre los pobres, porque la población era más bien de clase baja. Los pocos terratenientes que había eran a los que les tocó un premio brutal en la lotería, antes de la llegada del francés, en un año que nadie había olvidado.

Eulalio me ha dicho que la cosa va para largo, el chico al que sustituyo tiene una grave afección pulmonar que le está costando superar. Cuando deje el puesto habré trabajado más de seis meses de este año y me pagarán las vacaciones. Es un buen premio por haberme venido hasta aquí.

Miré de nuevo el maldito cajón en el que guardaba aquella tarjeta. Supe que antes o después terminaría por cogerla e ir a hablar directamente con *Chance*. Si lo hacía quería hablar directamente con él. Debía asegurarme que saldría bien y Roberto tenía demasiados problemas como para centrarse en un plan concreto.

Dos días después estaba allí, delante de su casa, se lo dije a Roberto por la mañana. Quería que supiese las cosas a la cara, aunque le dije que contaba con él, que le pondría esa condición a *Chance*. Parecía disgustado por contarle nuestro plan, ya que estaba peleado con él. Aceptó porque sabía que era la única salida que tenía. Yo, por mi parte, quería asegurarme al ciento por ciento de que los números que íbamos a jugar eran los correctos. Ahora que sabía que se trataba de un programa informático quería saber los resultados reales que obtendríamos.

-Hola.

-¿Qué tal?

Aquel día no había mucha gente, preferí escoger un día entre semana para evitar las miradas curiosas, aún así sabía que me verían. El día estaba nublado y las nubes anunciaban tormenta, los últimos rayos de luz asomaban en los rebordes de la carretera y me hacían pensar, a medida que me acercaba, que también eran los albores de mi consciencia los que estaban a punto de acabar en negrura. Acababa de zanjar conmigo mismo una deuda, la de ser humano y dejar a un lado mis principios.

En la cara de *Chance* relucía una extraña expresión. Sabía que todavía no había pasado el mes que me dijo que tendría que respetar antes de volver a por un número. Así que antes de que me dijese nada le solté:

-Lo sé.

La chica que estaba tras de mí nos miró perpleja. Por un momento el francés titubeo y retuvo su discurso sobre el contrato, que seguro iba a espetarme.

-Lo sabes, sabes los números. ¿Para qué vienes? Bueno, pasa.

Su diplomacia era excepcional. Reaccionó enseguida metiéndome en la casa sin meditarlo, ni tan siquiera un momento. Era muy listo, prefería que le contase lo que fuese en privado para luego decidir si le interesaba echarme de su casa o tomar alguna medida, ya que tenía en su poder mi contrato firmado. Entré en su casa sin demorarme. Cerró la puerta y ni siquiera dejó que me sentase.

-A ver. ¿Qué quieres? Sabes que no deberías estar aquí, ¿verdad?

-Iré al grano. Roberto me contó lo vuestro de los números mediante el programa informático. Ya sé que tienes una forma de saber qué números saldrán. De suerte nada, has descubierto un sistema informático para averiguarlos.

-Y quieres los números gratis como Roberto por no contarlo.

-No. Quiero hacer una apuesta con un montón de dinero para que nos toque el gordo seguro. Me contó que tu sistema sólo puede acertar algunos números, y la única forma es jugar una serie de números razonables.

-Mira, es imposible conseguir el dinero. A menos que pidas un crédito al banco y te lo conceda. Ya sabrás que ni Roberto ni yo podemos, por una serie de deudas que contrajimos. ¿Te contó que una vez lo intentamos no? Antes de pelearnos, ahora le debemos al banco cada uno una buena cantidad… Fue otro motivo más para pelearnos. Me puso contra la espada y la pared, yo le advertí de los riesgos pero no me escuchó y ahora pues… Todavía nos queda mucho que pagar. Pero si tú estás dispuesto a pedir un crédito por mí no hay ningún inconveniente.

-Yo tampoco puedo pedir un crédito, pero hay una forma de conseguir el dinero. Lo único que quiero es saber si has mejorado el programa y a qué números apostar. Por supuesto, con uno de tus contratos, haríamos la correspondiente división de los beneficios. Roberto formaría parte del contrato porque él también tendrá que hacer su parte del trabajo.

-Si eres capaz de conseguir el dinero, por mí de acuerdo. Sólo te advierto una cosa, Roberto está como una cabra, echará todo el plan a perder. Es un irresponsable y su capacidad de meter la pata es descomunal. ¡Tú verás lo que haces!

-Por mí está bien, yo me encargo de mandarle algo que no sea demasiado complicado. Es fundamental que ayude al desarrollo del plan, a él se le ocurrió la forma de sacar el dinero, así que no podemos excluirlo. Lo único que quiero que me digas es si has conseguido mejorar el programa de alguna forma para que tengamos más expectativas de conseguir resultados. Ya sabes, con toda la gente que pasa por aquí al día... ¿No has mejorado en nada los resultados? ¿Las combinaciones? Y otra cosa... ¿Cuál de los juegos es el más recomendable para acertar?

-La primitiva. Como dice Roberto: "Primitiva de seis". Es la mayor suerte que podríamos tener.

-A ver, creo que no comprendes de lo que estoy hablando, déjate de suerte ni de historias conmigo que ya sé cómo funciona esto. Quiero una primitiva de seis, pero sin tanta suerte, para eso he venido. Quiero hacerme rico sin ir a la cárcel, por lo que tendrán que salir los números adecuados. Es la solución, sólo quiero rentabilizar al máximo la posibilidad de tirarme el resto de mi vida a la sombra. Estoy hablando de robar dinero de la administración para apostarlo, más bien sería tomarlo prestado, sin intereses por supuesto.

-¿Y cómo piensas hacer eso, vas a pedir un adelanto de tu nómica? ¿Sabes de cuánto dinero estamos hablando? De un montón, una cantidad que seguro que no puedes ni siquiera imaginar. ¿Podrías conseguir 783.000 euros? Porque es lo que hace falta aproximadamente para acertar una primitiva de seis.

-Sí. Puedo hacerlo. Contando con Roberto y contigo, claro. El problema es que nos tiene que tocar seguro. Cogería prestado el dinero el viernes, Roberto saldría del trabajo con cualquier excusa para ir a la administración de lotería y apostar con la tarjeta de crédito de una cuenta a la que enviaré el dinero, los números que tú nos des. Claro, el sábado tendría que volver a ingresarlo y que nadie se enterase. Así que tendría que ir con Roberto para que él cobre el premio, pida un crédito con el boleto premiado y, como se lo concederán, haga una transferencia inmediatamente a la cuenta del ayuntamiento. En ese momento yo estaré allí para borrar los números de las cuentas y que todo parezca lo más normal del mundo. El domingo cogemos un avión y nos vamos los tres. Así de simple. Bueno, si todo sale bien. El caso es que si se dan cuenta de los movimientos no puedan decir nada porque no falte ni un céntimo. Y que tampoco sea durante mucho tiempo para no levantar sospechas. Es lo primordial.

-Menudo plan. ¿Lo has pensado tú solito? Yo sólo tengo que darte los números. Me parece muy arriesgado, pero yo pierdo menos que vosotros.

-Perderás igual. Así que procura que todo salga bien. El contrato que firmarás para el reparto del capital te hará cómplice. Así nos aseguramos de que nadie se la juegue a nadie ni se eche para atrás en el último momento.

-Es lo justo. Pues tengo una buena noticia para ti. Mi programa está acertando más que nunca. Hice unos pequeños ajustes en unas codificaciones aleatorias de unos dígitos que suelen salir más que otros y con el dinero de la apuesta hay un ciento por ciento de posibilidades de acertar. Según el programa informático no hay forma de fallar. Acertará seguro, lo compruebo cada semana. De todos los resultados que marca el ordenador y todas las combinaciones que me da, gastándonos esos 783.000 euros, dará una combinación ganadora.

Hablamos durante horas, tuvo que salir para decirle a la gente que quedaba por entrar que lo sentía mucho, mi visita le ocuparía el resto de la tarde noche. Hubo gente que incluso le insistió para esperar hasta la hora que fuese, él casi los obligó a marcharse, así nos quedamos solos. Me estuvo explicando cómo dio con la combinación ganadora más de una vez, pero que coincidió con días en los que no pudo darle el número a nadie. Así era la suerte. Ahora me volvía a tratar como a un amigo. Incluso a pesar de redactar unas líneas, a modo de contrato, en las que figuraban nuestros nombres y que el premio que obtuviésemos aquel sábado lo repartiríamos entre los tres a partes iguales. Sería dentro de dos semanas, justo cuando la caja de caudales estuviese repleta. Sería el momento preciso, tendría el tiempo suficiente para poder aprender a utilizar el programa que manejaba todas las cuentas. Ése sábado tendría que realizar las operaciones lo más rápido posible.

Sabía que de todos modos levantaríamos sospechas. Por eso tenía que ser Roberto, reconocido jugador de la isla, el que comprase y pagase todo. Al tiempo que me viesen a mí manipular todos los sistemas, con la esperanza de que no nos relacionasen demasiado, de todos modos lo harían. Aunque no creo que nadie pudiese imaginarse nada.

Capítulo 11

Durante el día trabajaba sin pensar en nada, más bien fingía trabajar, sólo pensaba en el dinero y en qué me lo gastaría. Había quedado con Roberto en que teníamos que disimular y no levantar sospechas. Aunque era inevitable encontrarnos por la oficina y mirarnos con una sonrisa casi triunfal. Yo recordaba el episodio del boleto que erré y quería ser cauto con mis alucinaciones de riqueza. Soñar cuesta poco, es necesario y fructífero, aunque en ocasiones puede ser tan peligroso como atarse una cuerda al cuello. Te creas una serie de ilusiones que pueden destruirte si no las consigues. Porque, en realidad, los sueños son para cumplirlos. Si se quedan en sueños, serán frustraciones que te matarán a cada paso que des.

Estoy apuntando todo. Cada pequeño detalle. Seguro que hoy también viene a decirme que le ayude. Es muy buena gente. Desde que le dije que me quiero preparar las oposiciones para sacarme la plaza, me enseña todo lo que puede. Incluido el programita. Está bien. Así, cuando llegue el momento, nadie sospechará porque podré decir que simplemente estaba practicando con el ordenador un sábado que no tenía nada que hacer. Ya me está mirando. ¡Venga, acaba de hablar por teléfono! Seguro que es para otra pequeña transferencia. En realidad, sí que tiene que hacer bastantes. Aunque nunca me diga nada. ¡Venga! Terminó, ahí viene…

Me los encontré por casualidad. Ahora, más que nunca, teníamos que evitar que nos viesen juntos. Roberto abrió la cuenta en el banco, yo practicaba con el programa y *Chance* intentaba asegurar las combinaciones ganadoras. Incluso firmamos el contrato. Si no ejecutábamos el plan aquel día en concreto no tendría valor alguno. Quedamos una tarde y lo firmamos en unos segundos. Acordamos no volver a vernos hasta el día del reparto del dinero, justo antes de que cerrasen los bancos el sábado. Así, a las 12 del medio día todo tendría que estar listo. Nos encontraríamos en el banco con el contrato y repartiríamos la cantidad a partes iguales, tras liquidar la deuda del crédito. Después, cada uno haría lo que le conviniese. Pero allí estaban, tan tranquilos, en un café. Se reían bastante, todos los estaban viendo. La verdad es que era a las afueras de la cuidad, pero qué más da. En una isla tan pequeña se sabía todo. Estaba alucinado, me acerqué hasta ellos. ¿Qué había pasado con sus rencillas y sus peleas? Ahora éramos socios, pero estaban incumpliendo las normas.

-¿Qué hacéis juntos aquí? ¿Estáis locos? Seguramente, hay que estarlo para convencerme de lo que vamos a hacer. Lo peor de todo es que yo tengo que ser otro loco.

-Calla y baja la voz. Nos hemos encontrado por casualidad. El camarero nos conoce a los dos y fue él el que nos invitó a ambos a una cerveza. Así que no nos ha quedado más remedio que hacer las paces frente a él.

-¡Joder! Menudo momento para reconciliaros.

-No te pongas así. Sólo es una cervecita. Únete a nosotros, ya que estás aquí. Además, en realidad somos socios que deberían celebrar que van a hacer un negocio.

-Os voy a matar. Mirar, ésta es la última vez que volvemos a vernos. Me tomo algo con vosotros y me voy.

En realidad estaba tan contento como ellos por lo que podíamos conseguir. Era difícil evitar aquella sensación. Me daba miedo porque era como la que tuve la mañana en que no acerté nada, aunque ahora ya sabía a lo que me exponía. Teníamos asegurado el premio, punto importante. Al final estuvimos toda la noche tomando cervezas. Incluso se nos escapó algún comentario que otro. En clave, por lo que nadie se enteró de nada. Qué podíamos hacer, era bastante fácil acordarse de que en unos días seríamos ricos.

Al despedirnos acordamos que no volveríamos a vernos hasta el gran día, el sábado, cuando todo hubiese terminado. Era absurdo volver a sacrificar lo que nos jugábamos, nunca mejor dicho. Ya que también estaba en juego el hecho de poder ir a prisión. Así que mejor, evitaríamos cualquier situación de riesgo.

Capítulo 12

Una llamada a las seis de la mañana.

-Ten cuidado con quien te relacionas, las cosas no son lo que parecen.

Miré el número en la pantalla de mi teléfono móvil, nada. Aparecía como número oculto. Estaba claro que alguien sabía que tramábamos algo. Tenía que tratarse de eso. ¿Pero quién y cómo tenía mi número? Me quedé el resto de la noche pensando hasta que me levanté para ir al trabajo.

Mis compañeros del ayuntamiento tenían mi número de teléfono. Por lo menos sabía que se trataba de un hombre. El 50 por ciento de las posibilidades, algo más que nada, pero había mucha gente en mi oficina. Consideré que tendría que hablar con todos para ver si conseguía reconocer el tono de voz del autor de la llamada. Tampoco era tan difícil averiguarlo porque se me quedaron grabadas aquellas palabras en la conciencia. Hasta con el tono y el timbre de voz.

Hablaba con todo el que se cruzaba en mi camino, porque la verdad es que aquella voz me resultaba familiar. Sin saber de dónde ni en qué momento la había escuchado. Lo difícil era recordar dónde y cuándo. Y lo más importante, recordar que fuese quien fuese, a priori, quería ayudarme. Aunque en realidad muchas veces no sabes si los favores que te hacen son buenos o malos, por muy buena intención que tenga el que los hace.

Después de varios días traté de olvidar aquella voz telefónica.

-¿Diga? Si se trata de una broma que sepa que son las seis de la mañana y hay quienes mañana tenemos que trabajar.

-No te dejes convencer. Ellos saben que todos tenemos nuestras debilidades. Ya te han probado. Ahora pruébate tú y consigue convencerte de que no estás obligado a nada.

-¿Pero quién es?

-Ten cuidado y no digas nada.

Colgó y volví a desvelarme toda la noche, como en días anteriores. Mis ojos permanecieron abiertos como platos hasta que concilié el sueño de nuevo, cinco minutos antes de levantarme. Empezaba a obsesionarme. El hecho de robar, de apostar, de escaparme, y con dos desconocidos que era lo peor. Porque realmente no podía fiarme de sus intenciones. ¿Quién me decía que no me fuesen a abandonar a mi suerte en el momento más crítico? Aquellas llamadas tampoco ayudaban demasiado. Ahora empezaba a dudar de todo. Primero; descubrir que no se trataba de suerte, sino de un programa informático; y ahora, aquellas extrañas llamadas a mitad de noche. No podía creer que fuese una simple coincidencia, pero debía tener cuidado. Me estaba jugando demasiado.

Tengo acceso a los expedientes de los ciudadanos de la isla. Por lo menos a la parte que tocaba a su recaudación y otros datos. Nadie se dará cuenta si miro los archivos de *Chance* y Roberto. Abrí la pantalla del ordenador en un pequeño recuadro ilegible desde lejos. Nada fuera de lo normal. Bueno, exceptuando que ambos tenían varias cuentas desde las que habían pagado la contribución a lo largo de los años. En realidad tenían que tener unas cuatro o cinco cuentas cada uno, eran demasiadas. Serían para realizar distintos tipos de operaciones. De todos modos apunté los números por si acaso y sus datos, nunca se sabía. Incluso aparecía la antigua dirección en Francia de Jean, era de Niza. Desconocía qué se podía hacer allí y qué había de interesante, pero sonaba exótica. Una cuidad mediterránea y costera siempre es interesante. Te aseguras de que la gente será abierta. Los pueblos costeros suelen ser más receptivos a lo nuevo.

Grabé hasta el último expediente que tuviese relación con ambos. Las gotas se sudor se deslizaban por mi frente y se delinearon dos marcas húmedas en mis axilas. Cada vez que un compañero se acercaba tenía que quitar la pantalla que estaba copiando, por si acaso. Estaba investigando a un compañero y a una persona muy querida en la isla. Aunque lo más importante es que no tenía por qué hacer ese tipo de investigaciones. Era información a la que teníamos acceso, algo que podíamos consultar ya que la red informática de almacenamiento de datos no estaba dividida. Copié todo en un pequeño lápiz de memoria y me lo llevé a mi casa impreso para estudiarlo a fondo. Me estaba jugando mucho, más de lo que podía, y, allí estaba solo, me faltaba mi gente para poder ayudarme. La soledad se añora, mas nos acompaña en los momentos más difíciles. Es una de esas crueldades del destino. Revisé punto por punto cada pequeño detalle de las cuentas, pero no hallé nada.

El gran día tardaba en llegar, las horas eran eternas y los segundos largos lastres que se esforzaban en descomponer mis nervios. Cada día era una pequeña prueba de resistencia ante la presión del gran momento. Pensaba una y otra vez la cara que pondría ante la gente y lo que les diría. En el banco, en el aeropuerto, incluso si me pillaban en la sala de ordenadores o el mismo viernes tras sacar el dinero para la apuesta. En lo que le diría a la policía, sobre todo cuando se me crispaban los nervios ante la presión de aquellas dos misteriosas llamadas telefónicas.

Capítulo 13

Eduardo iba y venía de la oficina como una máquina. No tenía nada más en su cabeza que el juego y hacerse rico. Calcular cuánto dinero emplearía para ayudar a los suyos y en lo que invertiría el resto. La suerte es algo de lo que él siempre había carecido. Cuando había conseguido algo siempre había sido gracias a su esfuerzo. Lo que le sirvió para no desfallecer y aguantar los avatares de la vida.

Iba del trabajo a la casa y de la casa al trabajo. Cronometró el tiempo necesario para hacer las transacciones. Memorizó los pasos y cada vez que algún compañero iba a hacer algo en la sala de las transferencias lo acompañaba. Incluso la gente lo empezó a llamar allí para distraerse y estar con alguien. Él preguntaba constantemente, siempre pensando en todos los posibles problemas que pudiese tener. Sabía que lo único que podría acabar con el plan: era que el servidor de Internet fallaba de vez en cuando y había que llamar a un técnico, para solventar el problema.

La primera semana pasó sin más. Con sus conjuras tras de cada movimiento. Esperando que cada cual hiciese bien su parte del trabajo. El plan estaba muy claro. Debían permanecer distanciados y actuar por separado. Aunque Eduardo desistió el sábado por la tarde y llamó a Roberto para saber si estaban haciendo su parte. Éste le dijo que todo iba sobre ruedas. El francés estaba machacando el programa para ver si podía sacar más aciertos y él ya había abierto dos cuentas en el banco. Una para ingresar el dinero el dinero de la transferencia y retirarlo. Y una segunda en la que ingresarían la cantidad. Además, ya tenía los contratos que Jean le había dado para asegurar que no habría ningún tipo de fallo por culpa de la avaricia.

70

Aquella misma noche le volvieron a llamar. "Ten cuidado, te la estás jugando con dos desconocidos". Respondió que se dejase de llamadas y le dijese claramente lo que quería en realidad. "No puedo, ahora no". Le confesó que sabía que Chance y Roberto le estaban convenciendo para hacer algo. Aunque también le dijo que fuese lo que fuese que no les creyese. Tras lo que le sugirió que recogiese una carta en su despacho. En el primer cajón tendría algo para él. Sería la última vez que le llamase.

Al día siguiente fue directo a su despacho. Era domingo, pero le daba igual que la gente le viese entrar en el Ayuntamiento. Era más fuerte que él. La incapacidad de retener sus actos le hacía más nervioso e irritable. Cruzó la calle a toda prisa. Las siete de la mañana era pronto, creyó que tal vez le hubiese sido imposible hacérsela llegar antes de esa hora. Pero le daba igual. Atravesó el empedrado hasta la puerta de la oficina. Ignoró las miradas furtivas y entró cerrando bruscamente la puerta. Corrió hasta su mesa y abrió el cajón. Allí estaba. Una carta con su nombre y sin remitente.

Entiende una cosa. Después de leer la carta la quemarás para eliminar cualquier prueba. Está en riesgo mi propia vida. Chance y Roberto te están mintiendo. Yo soy al chico al que estás sustituyendo. Ya intentaron que les consiguiese dinero de las cuentas del Ayuntamiento. Que supongo que es lo mismo que ya te habrán pedido a ti. Ten cuidado, al final intentarán estafarte una buena cantidad de dinero. Van a ganar y lo saben, lo que tú no sabes es que será a costa de hacerte cómplice del desfalco y no dejar pruebas. Roberto se habrá callado que tiene una tarjeta con su nombre con la que también puede acceder al ordenador. Lo importante es que cuando entras con una u otra tarjeta

queda un registro de quién es el que sacó el dinero. Aunque creas que lo has borrado del ordenador, tienes que cambiar el nombre dentro de un fichero interno. Es otra medida de seguridad que casi nadie conoce. Así se aseguran un control absoluto de todos los movimientos. Por si a alguien se le ocurriese lo mismo que a ellos. Yo les puse muchas pegas y al final tuve que fingir que estaba malo para que me dejasen tranquilo. Mi familia vive aquí y tengo la intención de pasar tranquilo el resto de mis días en esta isla, por eso denegué la oferta, así que suerte. Recuerda, cambia el nombre del fichero interno. Tal vez te preguntes por qué Roberto no lo hace directamente, porque es incapaz. Incluso tomó un curso de informática, pero tiene un problema de nervios que le impide concentrarse durante más de diez minutos en algo. Así que desestimó la idea. Suerte...

Arrugué el papel y fui hasta la cocina. Volví a pensar en aquellas líneas escritas a ordenador y sin firmar. Segundos antes de incendiar la prueba, creí conveniente guardarla. Nunca se sabe, me guardé la bola de papel en el bolsillo y salí lo más rápido que pude del edificio. Habían pasado unos cinco minutos. La gente de la calle no me prestó atención. De todos modos, aquello era muy pequeño y seguro que alguien me había reconocido. Total, tampoco creo que fuesen a ir contando nada, era absurdo.

Amontoné el papel junto a los de las cuentas bancarias de Roberto y *Chance*. Quizás aquellos papeles pudiesen ser un seguro en un momento dado, al igual que el contrato. Tenía que tener todo bien estudiado. Pasé el domingo repasando el plan, sabiendo ahora que Roberto quería incriminarme. Ahora sería al contrario, podría ir un paso por delante. Debía agradecerle el favor a aquel chaval, pero ya habría tiempo para eso.

Me miró y se acercó deprisa. Traía un sobre grande del que sacó un contrato para sellar nuestro acuerdo. "Me lo dio *Chance* ayer". Lo leí y todo está claro, la apuesta del viernes y la cantidad acordada, cómo se repartirían los beneficios y los nombres de los tres, muy sencillo. Incluso ponía los documentos de identidad. Traía uno firmado para que yo me lo quedase y otros dos para ellos. Miré de nuevo a Roberto y a mi alrededor, cerciorándome de evitar miradas indiscretas. Los firmé rápido y se los entregué. Todos parecían absortos en su trabajo, nadie se fijó. Tardamos unos segundos. Posé mis ojos sobre los claros espejos de su azulada alma globular. Ni rastro de remordimiento. Estaba claro que quería seguir adelante e incriminarme. Durante unos instantes creí que rompería mi silencio para explicarle que lo sabía todo, tras lo que pensé en el dinero que ganaría y que ahora era yo el que tenía el control de la situación. Sus pupilas se fijaron en las mías sin parpadear. "Todo saldrá bien", me susurró. Y se fue sin más.

Me quedé toda la mañana pensando que tenía que ser muy frío para urdir un plan en el que quisiese incriminar a otra persona. ¡Menuda sorpresa se llevaría al saber que había sido al contrario!

La cuenta atrás era inminente, incluso hice las maletas y compré un billete de avión para el sábado por la noche. Creía firmemente en que saldría bien, tenía que salir bien, lo de Roberto me hizo sospechar que quizás hubiese cosas que se escapasen a mi control. Incluso más de las que podía llegar a imaginar. De todos modos, lo razonable ya había perdido sentido. El martes, el miércoles y el jueves. Todos parecían ser viernes, el único día que tenía en mi cabeza. El jueves por la noche no pude dormir más que dos horas. Me dormí a las cuatro de la mañana y me desperté a las seis. Encendí la pequeña radio violeta que me regaló el banco isleño en el que me abrí una cuenta nada más llegar. El locutor comenzó a narrar la actualidad mientras me hacía un café bien fuerte. Decrecían mis ansias de ser millonario ante el aterrador miedo que circulaba por mi cuerpo. Al llegar a la parte de sucesos escuché que habían detenido a un atracador al que buscaban hacía meses. Y que estaba a la espera de la vista del juicio en las dependencias policiales. Imaginé mi rostro desde fuera de la celda, pensando que era un policía que sabía que yo mismo acababa de arruinar mi vida. Una canción me sacó del trance y volví a recuperar la cordura. Recordé que ya tenía preparado el viaje. Sólo tenía fuera de la maleta la ropa que llevaría hoy y mañana. Había recogido lo importante. Aunque la verdad es que llegué con una maleta y me iba con lo mismo con lo que había llegado. Bueno, tal vez en la cuenta bancaria no. Es de lo que se trataba. Sabía perfectamente que aquella vida era para otros. En mi lugar, otra gente habría comprado toda clase de cosas que le servirían en un futuro: un microondas, una lámpara mejor, etc. Estaba claro que yo nunca quise quedarme allí por mucho tiempo, ahora podía comprenderlo claramente.

Salí de la casa, me monté en el coche, arranqué y llegué en cuestión de minutos hasta el parking de siempre. Recorrí la calle como todas las mañanas. Pasé por la puerta de entrada dando los buenos días y me senté en mi mesa. Miré los papeles que tenía y comencé a tramitarlos de forma automática, tanto que quizás se notase que estaba fingiendo una aparente tranquilidad. Uno puede llegar a descubrirse sólo porque crea que los demás saben que oculta algo y se le nota. Multitud de ideas se transmutaban en mi imaginación. Desde que *Chance* desestimaría la idea, o que Roberto no iría a trabajar porque se echase atrás en el último momento.

Ahí está. Llega tarde. Haré como si nada:

-Hola.

-Hola.

-Hace un buen día, ¿eh?

-Desde luego. Un buen día. De momento es viernes y el fin de semana promete ser interesante.

-Bueno, voy a seguir que hoy estoy muy ocupado.

Es para colgarlo, anda que soltarme lo del fin de semana, seguiré disimulando. Tengo que aguantar sereno. Roberto podría haber moderado su dosis de cafeína. Se le nota nervioso, mucho más que de costumbre, qué ya es preocupante. Seguiré con mis cosas y ya está, ahí va, directo a la máquina del café. Me está poniendo nervioso. Quedan un par de horas para que se vaya todo el mundo.

Creo que estuve mudo toda la mañana, incluso tomando el café me retraje de cualquier conversación. Pensaron que estaba absorto en mis pensamientos. Trataba de evitar hablar demasiado con Roberto y guardar la calma. Pero estaba atacadísimo.

"¡Deja de dar vueltas!". Me pregunto qué estará haciendo *Chance*, espero que tenga a punto los números que nos harán ricos. Seguro que la chica de la administración se queda alucinada cuando vea la enorme cantidad de dinero que el francés va a jugarse. Menos mal que al final decidimos que la apuesta la haríamos aquí. Es preferible tener controlado el dinero. Roberto tendrá también sus resquemores, porque la noche que nos encontramos en el bar fue lo primero que dijo al respecto. Además, están acostumbrados a las apuestas de Jean. Lo único es que esta vez la chica se quedará con la boca abierta.

Las tres de la tarde. La gente se extrañó al ver que me quedaba un viernes a terminar unas cosas. Se me ocurrió inventar que era para hacer unas fotocopias.

Me metí en la sala. Tenía el número de cuenta que Roberto me había dado. Era preferible que la cuenta estuviese y fuese de Roberto, era la única forma de saber que *Chance* no dispondría del dinero él solo. Tenía que pasar por nuestras manos, lo acompañaríamos para hacer la apuesta. Bueno, a distancia. Lo vigilaríamos desde lejos, eso era lo estipulado.

Comencé a abrir las cuentas y allí estaba todo. Había mucho más dinero del que íbamos a coger. Tenía que hacer transferencias de pequeñas cantidades, porque el sistema bloqueaba las cantidades mayores de 9.000 euros. Era una forma de detectar un posible fallo, ya que los pagos que hacía el Ayuntamiento rara vez eran superiores a esa cifra. Durante cerca de unos 45 minutos estuve haciendo transferencias de 9.000 euros a la cuenta de Roberto. Sin olvidarme de cambiar el nombre de usuario de la carpeta de la que me había hablado el chico al que sustituía. De todos modos, luego borraría las transferencias, pero no sabía hasta qué punto quedaría constancia. En cualquier caso. Si alguien investigaba vería que era el nombre de Roberto. Si no, todos saldríamos indemnes.

Imaginé a Roberto. Nervioso, junto a la administración, como un niño que espera un regalo de cumpleaños mientras yo hacía el trabajo sucio. Al terminar con la última transferencia borré todos los archivos. Esperaba que nadie más usase el ordenador hasta el día siguiente. Sabía que los informáticos lo revisarían justo a las 12 para hacer la revisión de cuentas. Incluso que alguien esperase cobrar algún pago del ayuntamiento. Aunque todavía quedaba suficiente dinero como para cubrir hasta 420.000 euros, más o menos.

Terminé de hacer las transferencias y salí corriendo, abrí la puerta y me dirigí a la administración. Roberto estaba sentado en una mesa tomando café. Yo me senté en otra bastante alejada, como si no lo conociese. *Chance* apareció al instante. Al verme llegar supuso que la transferencia ya estaba hecha. Roberto me miró de reojo he hizo un talón por valor de los 820.000 euros que le acababa de ingresar. Eran las cuatro de la tarde, la administración acababa de abrir. El francés esperó escondido, no sé donde, hasta que Roberto confirmó con una señal, cerrando el periódico, que era el momento.

Chance apareció en escena segundos después, estaba cambiado, se había afeitado la barba y vestía más formal. Con camisa blanca y pantalones azules de pinzas. La camisa la llevaba por fuera. Quizás era lo único que me recordase a su forma de vestir desaliñada. Por lo demás, parecía otra persona. Antes de llegar hasta nosotros tuvo que pararse varias veces a saludar a bastante gente, que supuse que estarían diciéndole lo bien que le sentaba el cambio. Llegó hasta el bar y fue directo al servicio, donde lo esperaba Roberto.

Capítulo 14

Roberto y Jean se cruzaron en el servicio. Tan rápido que nadie pudo apreciar que a la altura de la cintura sus manos se juntaron para intercambiar el cheque. Fueron unos segundos. A pesar de que estaban solos en el servicio hicieron como si no se conociesen. Jean salió casi al segundo del aseo a la calle bajo la atenta mirada de Eduardo que se comía las uñas de forma compulsiva. Intercambiaron una sutil mirada sin detenerla más que un segundo. Recorrió una pequeña calle hasta la administración. Roberto volvió a sentarse en la mesa, miró a Eduardo, ambos exhaustos por la excitación. Sabían que habían firmado el contrato, pero querían asegurarse de que los números y los billetes de lotería estaban a buen recaudo cerca de todos. El plan consistía, una vez que viesen los números en posesión de Jean, en quedar a las nueve de la noche para saber si realmente se habían hecho ricos. Roberto y Eduardo seguirían a Chance hasta su casa azul para esperar el resultado del sorteo. Aparcaron los coches en un sitio donde quedaron ocultos. El francés había dicho que aquel viernes no fuese a verlo nadie, para poder descansar.

Jean tardaba en salir. Eduardo empezó a creer que las transferencias habían salido mal, que hubiese olvidado poner el nombre de Roberto en algún fichero, que no se pudiese pagar con un cheque o cualquier cosa por el estilo. En cambio, Roberto sólo pensaba en qué se iba a gastar el dinero. En la cantidad de gente que lo envidiaría y la de veces que había soñado con ese momento.

Durante cerca de 40 minutos no supieron nada de él. Entró en la administración pero no salió. 40 minutos infernales en los que Eduardo desistió de esperar. Justo cuando empezó a ver que la gente entraba y salía de la administración rápidamente, como extrañada.

Roberto comenzó a mirarme igual de extrañado que yo. Tenía una turbia sensación. Algo iba mal, dos señores que pasaron a mi lado comentando que era inaudito. "¿De dónde habrá sacado tanto dinero?". Aquello me alivió bastante porque sabía que tenía que estar creando expectación aquella inmensa fortuna, incluso para ser *Chance* el que se la estaba jugando. Seguramente le habrían visto poner un montón de primitivas. Sus números eran falibles, por lo que tenía que apostar bastantes.

Por fin salió de la administración, tenía una bolsa en la que supuse que había metido los números, nos miró a ambos. Dejé el dinero del café sobre la mesa y me levanté después que Roberto. Lo seguimos hasta el parking donde habíamos dejado los coches. Se metió en el suyo y dejó la bolsa. De repente volvió a salir y se acercó al de Roberto, habló con él durante unos segundos y vino hacia mí.

-¿Qué haces? Nos pueden ver.

-Ya, ése es el problema. En la administración me ha visto mucha gente que frecuenta mi casa. Al fijarse en la apuesta que he hecho seguro que aparecen por mi casa para ver lo que ha pasado. Así que seguro que os ven. Es mejor que vayamos a la casa de un amigo. Está de viaje y tengo las llaves, mejor dejamos aquí los coches y vamos andando. Seguidme sin más, es una casa mata.

-De acuerdo.

Salimos de los coches e intentamos disimular lo que pudimos. *Chance* andaba deprisa. Estaba igual de nervioso que nosotros. Se estaba jugando mucho, él había hecho la apuesta y ya era cómplice también. Roberto iba delante de mí, dejamos pasar unos 30 metros de separación entre ambos. Andamos durante unos cinco intensos minutos por algunas callejuelas de la ciudad, hasta llegar a una casa mata de color verde claro. Tenía dos plantas, las ventanas de madera, daba la sensación de ser bastante antigua. A lo lejos vi como *Chance* entraba. Roberto pegó en la puerta y al segundo entró. Tardé un interminable minuto en llegar hasta la puerta. Al tocar, la idea de que me dejasen fuera sostuvo mis pensamientos en un delgado hilo que se rompió al escuchar las voces de ambos. El sonido de la cerradura recorriendo una mínima distancia en la que mis pupilas se dilataron, dispuestas a observar sus caras y tener una detallada información de lo que había sucedido. La puerta de madera se abrió y la inmensa sonrisa de Roberto me invitó a pasar.

-¿Qué ha sucedido?

-Que te lo cuente *Chance*. Por poco no podemos pagar la apuesta.

-¡Sí, la verdad es que cuando la chica vio de la cantidad llamó a la central! Pero claro, mientras tengas fondos les da igual. Como si quieres jugarte la herencia de tus hijos.

-¿Y dónde están los números?

-En la bolsa, el sorteo es a las nueve, nos quedan unas horas para ser ricos.

-Eso espero, no pienso pasarme el resto de mi vida en la cárcel.

Al tiempo que miré a Roberto pensando en la jugada que había querido hacerme. Y que yo le había devuelto sin que él lo supiese. Estaba claro que si alguien se libraría de cualquier malentendido era *Chance*, ya que su único delito había sido inventar un programa con el que acertar unos números, que a lo sumo obligaría al Estado a modificar los distintos juegos de azar y la validez de sus resultados.

La expresión de sus rostros tenía que ser similar a la mía. Sus ojos brillaban por la codicia. Estaba claro que después de aquello, Jean escaparía de allí para cambiar de vida, igual que ya lo había hecho de apariencia. Roberto no dejaba de arrancarse los pocos pelos que le quedaban y dejaba que su nerviosa risa inundase la casa. Se movía tan rápido como sus largas piernas le permitían. Los muebles de la casa estaban en consonancia con la antigüedad de la morada. La televisión, por el contrario, era moderna e incluso tenía teletexto. Cosa que tranquilizaba a Roberto, que tenía controlado cualquiera de los posibles sistemas para obtener los resultados.

-Quedan 20 minutos para que seamos ricos.-dijo Roberto.

"¿Qué pensáis hacer con el dinero?", preguntó el francés. Roberto respondió sin dilación que se iría tan lejos que nadie lo encontraría. Estaba harto de la isla, aún así pretendía comprarse una buena finca en otra isla y rodearse de mujeres bonitas. Yo simplemente contesté que tal vez montase un negocio. Cualquier cosa menos ser un hombre más de los miles que se levantaban cada mañana para ir a trabajar. Uno de esos de los que el mundo estaba poblado. Levantándose cada día con la necesidad de ser distinto pero realizando las mismas rutinas que los demás. Quería libertad para decidir quién ser. La esperanza, aquello que dicen que es lo último que se pierde. Es lo que yo estaba ganando, imponiendo las destrezas del futuro a mi antojo.

-¡Pon la tele ya!

-Roberto tiene razón. Estoy impaciente.

Los nervios se palpaban en nuestras caras. Extrañamente *Chance* estaba tranquilo. Lo que nos aportaba confianza.

-Quedan 10 minutos. Chavales, tranquilos. Recordaréis toda vuestra vida éste gran día. ¿Sabéis que haré yo? Volver a Francia para festejarlo con todos aquellos que nunca creyeron en mí. Después me iré, seré como el *Conde de Monte Cristo*, regresaré en un enorme globo de dinero para desaparecer tras haber saldado un par de cuentas con los que un día pasaron por encima de mí sin motivo. Allí, en mi ciudad, supongo que como en todas las partes del mundo, siempre hay cabrones que llegan a donde sea a costa de pisotear a los demás. Ambos sabéis que un día dejé aquello. Lo que no sabéis es que también fue debido a que ya no soportaba más ser "un proscrito de la necedad de los que ostentan el poder". Esta frase la leí en un buen libro y me la aprendí. Y es cierto, son pocos los que dirigen a las masas. Pero son las masas las que alimentan la esperanza. Ya sabéis, es algo más que lo que uno puede conseguir con la pura suerte. Aunque suene extraño, lo ganas demostrando que eres bueno, mejor que muchos. Aunque claro, allí y en cualquier parte, el sistema es el que manda y tiene que colocar a los que serán importantes después a su antojo.

Su rostro se tornó serio, Jean demostraba estar haciendo más que fortuna. Quería controlar su fortuna, una tarea que a nadie se le antoja fácil y para la que hay que estar bien dotado de azares, además de trabajo y talento. Lo que en definitiva mueve a las nuevas generaciones al cambio y a luchar por llegar más lejos y hacerse un hueco. El problema es cuando te das por vencido. Cuando decides que ya se pasó tu hora para triunfar y llegó la hora de resignarte con tu futuro.

-Después de los anuncios empieza…

Estaba tan nervioso que tuve que contener la respiración y desfogué un enorme suspiro al finalizar mi trance.

-¿No hay nada de beber aquí?

-Creo que sí. Total, dentro de nada podremos hasta comprarle la casa a mi amigo sin pestañear. No creo que le importe.

Abrí el mueble bar y saqué la única botella que había, era de licor de melocotón. Cogí tres vasos y los llené hasta arriba.

Antes de que nadie comenzase su copa ya había ingerido la mitad de la mía.

-Ahora…

Fue rapidísimo. Era una cadena local, preparada para los improperios del gentío ante la lotería. Por lo que siempre, después del informativo, para ganar audiencia, daba la mayoría de las posibles apuestas de los juegos de azar y loterías.

"22, 48, 2, 21, 4, 13". La combinación ganadora. Así de sencillo parecía acertar. Todos pensamos que eran números fáciles. Creo que siempre se cree eso. Lo malo es que también se pregunta uno por qué jugó otros números: ya que el 22 era el día de nacimiento de tu hermana, el 48 el año de nacimiento de tu madre, el 2 porque siempre sale, el 21 porque salen dos números consecutivos, el 4 porque también siempre sale el doble de uno de los números y el 2 que siempre sale… Y el 13, porque el número de la mala suerte es por naturaleza el que siempre te la juega.

Cogimos la bolsa y nos repartimos la enorme cantidad de boletos que teníamos. Cada uno tomó un buen montón.

-Mierda. Éste nada.

-El mío tampoco.

-Tranquilos chicos. Recuerdo haber apostado esos números. Tienen que estar por ahí.-dijo Jean.

Roberto y yo miramos a *Chance* y nos tranquilizamos un poco. Él miraba los boletos detenidamente, pero nosotros los devorábamos en busca del premio.

Llevábamos diez minutos buscando hasta que Jean se levantó un momento diciendo que tenía que respirar aire fresco y fue hacia la puerta.

-Mierda, yo no veo los números. Tengo algunos en los que aparecen, pero no todos. Eduardo, tú ves la combinación ganadora por alguna parte.

-No, pero si dice que los ha apostado estarán aquí. Tranquilízate un poco.

Jean volvió a los pocos segundos, tras escuchar el sonido de la puerta al cerrarse de un golpe seco. Se sentó, habíamos mirado todos los números y nada. Así que volvimos a repasarlos, tras sugerirlo el francés. Cuando le quedaban un par de boletos, gritó: "¡Sí, somos ricos!". Todo mi cuerpo se hizo en una explosión de felicidad indescriptible. La cara de Roberto se descompuso y comenzó a dar extraños gritos y alaridos, al tiempo que se tocaba la calva dando saltos. Sus ojos estaban húmedos y pronto le empezaron a manar borbotones de lágrimas sin parar. Me abrazó y luego a *Chance*. Los tres gritábamos y saltábamos juntos. Cogí la botella de licor y recuerdo que le di un trago tan profundo que me hirvió la garganta durante varios minutos. Después vinieron las risas y las bromas.

-Tranquilicémonos que todavía esto no ha acabado. Hay que planear cómo lo haremos mañana.

Sabía que todavía quedaba una parte importante del plan. Dividir el dinero y eliminar las pruebas. Hasta que no viese la cantidad que me correspondía en mi cuenta no estaría tranquilo, además de que teníamos que devolver el supuesto préstamo.

Capítulo 15

Nos pasamos toda la noche sin dormir, hablando de lo que haríamos, de los sitios que veríamos y la gente tan distinta con la que ahora trataríamos. Siempre sin olvidar de dónde habíamos salido y nuestras raíces. Queríamos ser como hasta ahora, por mucho dinero que tuviésemos. Aunque seguía mirando con recelo a Roberto, sabiendo qué había intentado hacerme.

Las siete de la mañana llegaron deprisa. Había que terminar el trabajo. Hasta ahora todo estaba saliendo según lo previsto. El boleto estaba en el centro de la mesa y lo mirábamos con auténtica admiración. Era increíble que aquel pequeño trozo de papel nos pudiera hacer tan felices.

Decidimos desayunar en la calle. Aunque claro, no nos podían ver juntos. El único escollo era que ninguno se quería separar del boleto. Así que fuimos a la plaza de la administración, uno detrás del otro. Roberto tenía que entrar en el banco, cobrar el premio y enviar los 783.000 euros de la cuenta del Ayuntamiento. Además de ingresar el resto en cada una de las cuentas, a partes iguales. Según nuestros cálculos, nos quedarían unos 300 millones de las antiguas pesetas para cada uno. Una nada desdeñable cantidad.

-Entremos juntos. Será lo mejor. En cuanto hagas la transferencia y cada uno tenga lo suyo… Voy al Ayuntamiento, meto el dinero en la cuenta y adiós muy buenas.-dijo Eduardo.

-Estoy de acuerdo, es lo mejor. No es que no me fíe de vosotros, pero cuando vea el dinero ingresado estaré más tranquilo.-respondió Roberto.

¡Pues claro que no se fiaba de nosotros! Igual que nosotros de él. La información que poseía sobre Roberto y sus lances para implicarme si había problemas me tenían en tensión.

Estábamos sentados en el mismo bar. Yo, en una mesa de la terraza haciendo esquina. Roberto en el centro, con el billete. *Chance* al otro extremo. Cada cual pidió su desayuno, bastante abundante. Ahora éramos ricos y no teníamos que preocuparnos por las minucias. Saboreé el último bocado de mi bocadillo de beicon con lechuga y queso. La puerta del banco se abrió y los tres pedimos la cuenta. Entraríamos uno detrás del otro, tal y como hasta ahora. Allí sería inevitable que nos viesen juntos, tras lo que desapareceríamos de aquel lugar. Yo me iba por la tarde, Roberto también y *Chance* al medio día.

Roberto se levantó deprisa, con sus nerviosos movimientos de costumbre. Yo le seguí a poca distancia. Jean me seguía a mí. Entré en el banco tras Roberto y se puso a hablar con el director del banco. Miré hacia atrás, *Chance* no entraba. Me acerqué hasta la mesa donde estaban. La chica miraba a Roberto con cara de extrañeza. Me senté y saludé a ambos. Le estaba diciendo que tenía que comprobar si era la combinación ganadora. "¿Y el francés? Como no venga ya me quedo con su parte", me espetó. Le respondí que recordase que había firmado un contrato. "Estará disimulando, ya sabes que aquí lo conoce todo el mundo", añadí. La chica volvió enseguida con el director del banco.

-Tiene que haber un malentendido Roberto. Este boleto tiene los números que salieron ayer, pero no tiene el sello de ayer. Tiene la fecha y hora de unos minutos después del sorteo. Vamos, que este premio os lo estáis jugando para hoy. Así que suerte. De todos modos, más vale que habléis con la chica de la administración. Lo siento mucho.

-Ya han escuchado al señor director, yo también lo siento mucho. Les habría tocado un buen pellizco.

Contemplé la cara de Roberto mientras volvía a tocarse la calva arrancándose los pocos pelos que le quedaban. Sus ojos estaban desorbitados, al igual que los míos. Ambos nos concentramos unos segundos hasta que nos salió la palabra *Chance* al unísono. Seguía sin aparecer, así que nos levantamos rápidamente. Salimos del banco y concretamos ir a la administración de lotería. Aunque yo creí más conveniente comprobar la transferencia. Así que me fui corriendo, literalmente.

-Nos la ha jugado.

-Espero que no. Todavía tiene que salir de la isla y lo pillaríamos.

- Vayamos a comprobar que ha pasado con el número. Pero seguro que nos ha engañado. ¿Dónde te crees que está? Seguro que de camino a cualquier parte con los 130 millones.

-Espera un momento. Tal vez no los hayan cobrado todavía. Me voy al ayuntamiento a cancelar las transferencias. Tú vete a los otros bancos de la ciudad y pregunta si lo han visto.

Tardé unos cinco minutos en llegar al ayuntamiento, abrir la puerta, correr hasta la sala de ordenadores y comprobar que la cantidad acababa de cobrarse. Llamé al teléfono móvil de Roberto. La cuenta que él abrió y con la que habíamos comprado el billete de lotería estaba a cero.

-Acaban de cobrar el dinero.

-Lo sé. Me lo acaban de decir. Los del banco estaban alucinados con el talón. No me extraña, encima firmado por mí. ¡Tiene que estar de camino al aeropuerto!

-Vete para allá. Yo me voy al puerto, si lo ves haz lo que sea. Pero que no se vaya. Nos van a meter en la cárcel por esto ¿lo sabes no?

Media hora después recibí una llamada telefónica. Roberto me explicó entre gemidos que por allí no había pasado. Nadie lo había visto. Yo había desistido de poder hacer algo. El dinero ya había salido, intenté llamar al banco y cancelar el pago diciendo que había sido una equivocación pero al ponerse el director, directamente, me dijo que el dinero había estado en su banco durante unos segundos. *Chance* había utilizado un ordenador para hacer la transferencia a una cuenta y que además, no podía revelarme las actividades de sus clientes, a menos que le llevase una orden judicial. Había desaparecido, el dinero había volado. Ahora estaría en cualquier cuenta. Para cuando llegase la orden ya habría sacado el capital. Además de que se tendría que enterar todo el mundo. Quedaba una única alternativa: atraparlo antes de que saliese de la isla. Nos pillarían, pero por lo menos no tendríamos que pagar la suma y la condena sería menor. Teníamos un papel que nos inculpaba y al tiempo probaba que él también estaba implicado.

Si no había salido en avión sólo quedaba la posibilidad de salir en barco. Roberto se quedaría en el aeropuerto haciendo guardia. Mientras tanto me fui a casa de Jean. Cuando llegué no quedaba nada, había recogido todo y no había ni rastro de él. Encontré a un par de mujeres que lo estaban esperando hacía unas horas, pero no lo habían visto.

Me fui directo al puerto. El barco salía dentro de un par de horas. Esperaría allí hasta que apareciese, era la única posibilidad. Si no llegaba tendríamos que ir a la policía para confesar y que lo buscasen. Ellos podían controlar más fácilmente todas las salidas de la isla.

Aparqué rápidamente. Cada persona que veía se parecía a *Chance*, cada coche tenía el color del suyo. Dudaba entre asaltarlo o directamente aplastarlo. Sabía que al final tendría que llamar a la policía. Por las malas no me daría los números de la cuenta a la que había hecho la transferencia. A saber si incluso había hecho más cosas para ocultar el dinero, pero lo primero era encontrarlo. Después ya veríamos que hacer. Encima, el pobre diablo de Roberto estaría más inculpado que yo. Él se lo había buscado por querer jugármela a mí.

Pregunté en puerto por él durante un rato y no me quedó más remedio que descartar la idea de que fuese a comprar un billete tan descaradamente aquel mismo día. También cabía otra posibilidad, que hubiese alquilado un barco… En realidad el problema es que nunca llegaríamos a tenerlo todo vigilado. Podía escapar sin ser visto si no nos ayudaba nadie. Esperé un rato hasta que llegó el barco de pasajeros que iba y venía entre las islas, una vez al día. Tendría que ir a la policía. Aunque antes debía saber qué había pasado en la administración. Realmente había oído a los dos viejecitos hablando de la apuesta que *Chance* hizo aquella tarde. Llevaría el boleto para que la chica nos explicase qué había sucedido y cómo había podido cambiar los sellos.

Roberto hacía guardia en el aeropuerto. Quedaba media hora para que cerrase la administración y allí estaba la chica. Más bien la pequeña chica, era una morena de unos 34 años que siempre tenía hecha una coleta. Me llamaba la atención su enorme boca con grandes dientes blancos. Quizás tuviese un ascendiente suramericano, ya que su tez era bastante morena. A veces estaba muy alegre, otras en cambio parecía abatida. Su humor era tan cambiante como el tiempo de la isla. Siempre me había dado la impresión de que su vida tenía que ser agria.

Ver a tanta gente ganar dinero o perderlo. Desconocía si tenía pareja, nunca la había visto con nadie. Supongo que sí…

Entré en la administración de lotería y había una cola enorme. La gente estaba bastante enfadada. "¿Qué pasa?", le pregunté a un viejecito. Me explicó que aquel día la administración había abierto a las 11.30 y aunque sólo fuese para cobrar el reintegro y poner otra quiniela, tenía que estar abierta. Esperé largo y tendido hasta quedarnos casi solos. Mas seguían llegando personas, hasta que me vio entre el tumulto. Su cara se entristeció, más de lo que lo estaba normalmente. Una chica preguntó al mismo tiempo por qué había abierto tan tarde hoy. Cuando quedaban 13 minutos para cerrar me acerqué hasta la ventanilla, quería decirle que si podíamos quedarnos un rato hablando. Quería averiguar qué sabía. Cuando estaba apunto de articular el primer fonema se me adelantó: "¿Quieres que hablemos después?". Quedamos en la puerta de atrás, después de cerrar. Aunque no dudé en decirle, colándome, que si la fecha de aquel boleto pertenecía al sorteo de ayer o al de hoy. Sólo lo miro. Asintió mientras me confirmaba que era el de hoy. Es decir, que no servía para nada, excepto que tocase, claro, lo que a estas alturas podía ser incluso irónico.

Nos sentamos en un banco, se llamaba Clara. La pobre mujer comenzó a llorar desde el primer momento en el que nos acomodamos. Sabía que había sucedido algo.

-Os ha estafado. Y ha sido culpa mía. Mira que le dije que sabía que no me quería. Estaba utilizándome. Pero claro, yo soy la paranoica que se lo inventa todo. Pues mira, al final se ha reído de todos. Es lo que tiene ser una solterona desesperada. Eso es lo que soy. Mira que mi madre me lo había dicho, sólo me lío con flautistas.

Estaba perplejo. Por sus palabras deduje que estaba liada con *Chance*.

-Dime, ¿qué sabes?

-La verdad y nada más que la verdad. Os va a caer un buen puro. Habéis robado dinero del ayuntamiento para Jean. Tú y el pobre de Roberto. Porque ése sí que me da pena, ése no sabe ni en el lío en el que se acaba de meter.

-¿Y tú cómo sabes todo esto?

-Por que yo me iba a ir con él.

-¿Qué?

-¿Cómo te crees que consiguió los números que os llevó a mi casa?

-¿Tu casa?

Empezó a contar con todo lujo de detalles lo que había sucedido:

-Hace años que conozco a *Chance*. Desde que llegó a la isla revolucionó a la gente de aquí con una historias sobre la suerte que al principio nadie se creía. Claro, un día, por casualidad, consiguió un par de pequeños premios a unas familias y el rumor de que daba suerte dio la vuelta a la isla enseguida. Llevo en esto mucho tiempo para saber que la gente cree en lo que sea con tal de que le toque. Así que abrió la veda. Toda la isla iba a su casa. Llegó un momento que sentí tanta curiosidad por saber quién era aquel tipo que también empecé a visitarlo. Él me conocía porque sabía que trabajaba en la administración. Iba allí bastante a menudo. Nunca cruzábamos más de dos palabras, hasta que empecé a ir a su casa. Yo estaba sola, él también. Una cosa llevó a la otra, y tuvimos una especie de aventura. No quería compromisos y yo, después de tanto tiempo sola, tampoco. Así que nos veíamos de vez en cuando para hacer el amor. Nunca nos encontramos en público. Nos veíamos en su casa. La gente de esta isla habla mucho y nos apetecía tener ése pequeño secreto. Sé lo que sucede con los números, me lo contó hace poco. Incluso a mí me tenía totalmente engañada y me daba muchos números con suerte sin yo pedírselo. Hasta que hace dos meses me contó la verdad. Tuvimos una pelea enorme, me sentía como una imbécil. Llevábamos cerca de tres años viéndonos en la intimidad y no había sido capaz de contarme que tenía engañados a todos, incluida a mí. Cuántas veces me contó historias relacionadas con los elementos, el destino y los poderes de lo desconocido. Menudo actor está hecho. El caso es que me dijo que pretendía estafaros una buena cantidad. A vosotros no, al ayuntamiento. Por lo que no era un robo en toda regla, si no más bien una estafa a vosotros. De la que probablemente saldríais bien parados. Y es aquí donde entro yo en acción. Sabía que era imposible defraudar a la propia administración, así que me dijo que os haríamos creer que había hecho la apuesta y que os había tocado. Tiempo suficiente para poder cobrar el cheque el sábado por la mañana. El plan consistía en ingresar el dinero y luego trasladarlo a otras cuentas. Para cuando quisieseis hacer algo ya se habría ido, nos habríamos ido. Supuestamente, había alquilado una motora para irnos juntos nada más cobrar el cheque. Por cierto, no se puede pagar con un cheque en una administración de lotería… Al final fui al puerto y no estaba. Había salido hacía cinco minutos. No me esperó. Ahora estará rumbo a la península o a Marruecos, desde donde cogerá un avión a otra parte.

-Pero bueno. Y todos los billetes que traía. ¿Y el que tenía los números premiados, pero era de hoy?

-Cuando Jean entró en la administración por la mañana, yo tenía preparados una serie de números y apuestas sin valor, habían sido hechas y anuladas como si fuese un error. Aunque existiese el boleto físico eran ficticias.

-¿Y el billete premiado?

-Fue fácil. Os llevó a mi casa porque estaba cerca de la administración. Mientras vosotros esperabais allí el resultado, yo lo hacía en la administración. En cuanto que salió el premio hice la apuesta. Lo cierto es que la hice de verdad por si podíamos ganar algo de tiempo por la mañana. Luego fui hasta la casa y le di el supuesto boleto premiado.

-Ahora mismo tiene que estar en mitad del océano riéndose de nosotros.

-Lo siento, sé que ahora yo también soy cómplice y prefería contártelo yo antes que te enterases por la policía.

-Estate tranquila por la policía. Nosotros somos los primeros interesados en que se solucione sin recurrir a ellos.

Nada más contarme aquello, pensé que tal vez pudiesen darme algún tipo de información en el puerto sobre la ruta que tenía pensado hacer. Clara desconocía a quién le había alquilado el barco, pero había poca gente a la que le pudiese interesar la oferta. Llamé a Roberto y le conté por encima lo que había sucedido. Quedó conmigo en vernos en el puerto y Clara se fue a su casa.

Cuando llegué ya estaba allí. Preguntamos a un par de hombres que nos dijeron que no debía andar muy lejos. El único barco que había salido esa mañana era una vieja barcaza de pesca que su dueño tenía medio abandonada.

-¿Qué hacemos?-preguntó Roberto.

-La situación es la siguiente. Tenemos que encontrarlo antes del lunes y que ingrese de nuevo el dinero. Si no, nos pillarán. El primer recuento lo harán los informáticos a las 12 del medio día del lunes. Será entonces cuando detecten ellos mismos la retirada del dinero e informen a los contables... Sólo tenemos una salida, ir tras él. Nos dijeron que el dueño de la embarcación estaba en el bar del puerto. Así que fuimos hasta allí.

Capítulo 16

El viejo nos contó que no sabía nada de Jean. Le había alquilado el barco por un par de horas y todavía no había vuelto. "Encima de la rebaja que le hice por los números que me dio se retrasa". Con el combustible que tenía no podía llegar hasta la península, pero sí hasta Marruecos o alguna otra pequeña isla.

Eduardo siguió su instinto:

-Ya está, alquilamos un barco y vamos tras él.-aseveró Eduardo.

-¿Estás loco?

-¿Quieres ir a la cárcel?

-¿Pero tú sabes gobernar un barco?

-Es lo de menos. Preguntemos y luego vemos qué hacemos.

Conseguimos un barco bastante barato. Aunque después del percance con Jean tuvimos que pagar dos días de alquiler. Mentimos al decir que poseíamos el carné para gobernar barcos. Aquel pequeño barco tenía un volante y una palanca de aceleración, creí que sería fácil. Era una fuera borda blanca, sin capota ni nada. Mandé a Roberto a por comida mientras cargaba los depósitos y a la media hora ya estábamos saliendo del puerto.

-¿Sabes a dónde vamos?-cuestionó Eduardo a Roberto.

-No, Tú eres de aquí. ¿Cuál es la isla que está más cerca y tiene aeropuerto?

-La tienes ahí en frente. Está a una hora.

-Bien, tenemos una autonomía de nueve horas. Tampoco podríamos ir muy lejos.

Mientras nos acercábamos lentamente a la isla, ojeaba los mapas de la lancha mirando la brújula. Quería saber cómo leerlos, por si acaso. Roberto estaba nervioso, como de costumbre. En aquella pequeña lancha el espacio era limitado, así que después de intentar pasear sin éxito por la cubierta de la embarcación se sentó abatido en una esquina.

-Eduardo. Que…

-¡Qué!

-Tengo que contarte algo. Mejor ahora. Ya te he mentido demasiado.

-Dime.

-En realidad pensaba irme con el francés sobre las 12 del medio día de hoy. Cuando me dijiste que me fuese al aeropuerto, fui al puerto. Había quedado con él allí. Al llegar vi pasar a Clara, la chica de la administración. Me extrañó. Porque *Chance* me dijo que le haría creer que se escaparían juntos, pero sobre la una. Por lo que empecé a preocuparme. Aunque ella no me vio, pasó de largo. Por un momento creí que al final nos había pillado. Luego comprendí que a mí también me había engañado. Si supiese lo que *Chance* la ha utilizado. Gracias a ella la gente del pueblo comenzó a interesarse más por él. Pensaban que si la chica de la administración iba a su casa es que los resultados eran bueno, ya que ella sabía el número de acertantes de su administración. Por eso siempre iba a la misma. Todos sabían que algún acierto tenía que tener.

-¿Qué pretendías? ¿Fugaros y repartiros el dinero?

-Más o menos, habíamos quedado a las 12 para que me diese un cheque con la mitad del dinero. Lo que nunca sucedió. El plan era cobrar el dinero desde una cuenta secreta de Jean y salir de la isla como si nada. Te iban a inculpar de todo. Hay unas cámaras ocultas que graban constantemente lo que sucede en la habitación las 24 horas del día. Además, cada movimiento bancario lleva una especie de firma de quién ha hecho la transacción.

-Te equivocas. Borré los nombres de las transacciones y puse el tuyo. Ahora estamos implicados los dos.

-Pues no lo sabe casi nadie. ¿Por qué crees que no quería hacerlo yo?

-Pues ahora da igual. Las cámaras tienen mis imágenes y tu firma en los archivos.

-¿Cómo descubriste lo de la firma?

-Gracias a unas llamadas anónimas y a una carta que el chico al que sustituyo me dejó en mi cajón.

-Puede que te llamase… Lo de la carta ya es más difícil porque hace seis meses que vive en la península. Su padre está enfermo de cáncer y está a punto de morir. El que se puso en contacto contigo no fue él, seguro. Sería Jean.

-El francés nos engañó a los dos. De esa forma se aseguraba de que desconfiaríamos el uno del otro y no nos contaríamos nada. Ya decía yo que la voz me sonaba. Utilizaría algo para que no lo reconociese.

-Seguro… Además, era pésimo programando, aunque sabía un par de trucos.

-¿Pero no tenía una cartera de clientes a las que les hacía trabajos?

-¿Qué? Para nada. Si le echaron de todos lo sitios en los que estuvo. Malvivía de una paga que le había quedado de su padre cuando fue militar. Lo que de verdad se le daba bien era arreglar ordenadores. Todos los que tenía en el cuarto los había reconstruido de antiguallas de la gente de aquí. Y encima luego también les largaba el mismo cuento. Lo gracioso es que una vez montados no sabía hacer mucho más. No sé, tal vez supiese algo, desde luego yo sé que no era muy bueno. Por eso se marchó de Francia. La chica con la que estaba lo dejó al perder su último trabajo. Eso me dijo cuando lo conocí al llegar aquí.

-¿Y el día que os encontré en el restaurante?

-Me estaba contando como había convencido a Clara para hacer lo de los billetes de lotería. En un momento dado, cuando tú estuvieses buscando números, él desaparecería unos segundos para ir hasta la puerta de la casa y coger el boleto que Clara le acababa de preparar en la administración de lotería. Así fue como lo preparamos. Y desde luego salió bien. Aquella noche me dijo que tenía unos amigos en la isla de al lado. Por eso dejé que me trajeses hasta aquí. Seguro que encontramos su barco en el embarcadero, habrá que preguntar. Esta isla es un poco más grande que la nuestra y es más difícil que alguien sepa algo de él.

Capítulo 17

Quedaba un cuarto de hora para que llegasen a la isla. El mar estaba en calma. Las olas chocaban contra la pequeña lancha que iba contracorriente gastando más combustible del preciso. Las caras de ambos reflejaban la lucha, también la tristeza. Hay momentos en los que sabemos que nada ni nadie puede ayudarnos excepto nosotros. Hay momentos en los que descartamos que ni siquiera Dios pueda ayudarnos.

Encontraron rápido la puerta de entrada a tierra. Comenzaron a rodear la isla hasta que avistaron el puerto. Nadie les puso muchas pegas para atracar porque se trataba de un barco de recreo bastante pequeño.

Desde lejos, aquel lugar se antojaba distinto a La Isla del Maíz, era más llano, sin tantas montañas ni escarpados precipicios. También tenía menos vegetación, era más parecido a cualquiera de las ciudades de la península, con sus grandes barrios y edificios de opacos colores.

No tardamos en llegar hasta el puerto. Atracamos la embarcación lo más rápido que pudimos. En realidad nadie nos preguntó qué hacíamos allí. Simplemente atracamos en un pequeño espacio que encontramos apropiado. Yo todavía seguía alucinado por los recientes acontecimientos y la confesión de Roberto. Se sentía mal, se le veía en la cara. No se había comportado bien y se traslucía en una mirada de arrepentimiento que me costó creer al principio, pero era un buen chaval y tenía la maldad de un niño caprichoso. Sólo eso.

-¿Y ahora qué?

-¿Tú que crees? Habrá que buscar su barco. Mira, es ése. Vayamos a ver si está.

Por supuesto, no había nadie, ni tan siquiera un detalle que nos pudiese dar una pista sobre su paradero, así que interrogamos a todo el que pasaba. Hasta que dimos con un amable pescador que nos dijo que hacía como dos horas que un hombre había bajado del barco acompañado de una bella muchacha morena, lo que nos descolocó. ¿Quién podía ser? En la isla había miles de chicas morenas. Y el francés conocía a todo el mundo. Supusimos que era con quien realmente había querido escapar. Era más fácil encontrar a una pareja, en cuanto supiésemos realmente quién era su misteriosa acompañante.

Roberto también conocía a toda la gente de la isla y no tenía ni idea de quién podía ser. Hizo memoria durante bastante tiempo hasta que me explicó que Jean nunca le había hablado de ninguna chica. Nuestra última esperanza es que realmente hubiese registrado su llegada en el puerto. Al ser una embarcación más grande habría tenido que pedir permiso para atracar y fuimos al registro del puerto. Tuvimos que inventarnos una historia sobre el fallecimiento de un familiar suyo para que nos dejasen ver el libro. Aunque por supuesto sólo estaba su nombre y el chico que nos atendió no tenía ni la más remota idea de a dónde podía haber ido. "Tal vez haya alquilado un coche". Hay que dar una dirección, y tal vez, sólo tal vez, hubiese dejado una de aquella isla.

Tuvimos que repetir la misma operación para convencer a la chica que nos atendió y conseguir la información. Supongo que nuestra cara de desesperados hacía más creíble la historia. Esta vez tuvimos hasta que hablar con el jefe, ya que ese tipo de datos no suelen proporcionarse más que ciertos casos.

-Su calle y su número. Te digo una cosa, si realmente es la dirección me da algo.

-Es nuestra última oportunidad de encontrarlo.

-Lo sé.

Cogimos un taxi hasta la casa. Estaba a las afueras de la ciudad. Entre una cosa y otra ya eran las siete de la tarde. El tiempo empezaba a pasar demasiado deprisa. Teníamos que solucionar el problema lo más rápido posible.

Los edificios de la ciudad eran cada vez más grandes. Tenía miedo, no sé realmente cuándo llegué a perder el control de mi vida. Sabía que había acometido una trasgresión decisiva para mi futuro. Hay veces que uno no sabe que la decisión que acaba de tomar cambiará el resto de su vida. En aquel momento era perfectamente consciente de que yo había cambiado mi futuro para siempre, incluso solucionando aquello. Nunca más volvería a ser la misma persona que un día creyó que la verdad de las cosas está en lo tangible. Muchas veces está más lejos que cualquier isla que uno pueda imaginar.

El taxi paró frente a una inmensa mansión. Tenía forma de castillo con pequeños tejados puntiagudos. Muros enladrillados con gruesas piedras y minaretes con torres redondas. Un enorme jardín, con árboles de distintos tamaños y especies, rodeaba la casa, aunque abundaban los robles. La reja de la puerta estaba abierta. Un guardia pedía identificarse a la gente que intentaba entrar. Una cola de coches se iba introduciendo poco a poco en la morada. Había oscurecido y se veía claramente que estaban celebrando una enorme fiesta. Las luces de las ventanas dejaban ver que en el interior había cientos de personas. Tenía que ser una fiesta de gente adinerada, había coches de lujo.

Nos pusimos en la verja, desde donde vimos como los coches se iban aparcando en un terraplén a la izquierda de la casa. La mayoría de los hombres vestían de traje y corbata, las damas lucían espectaculares vestidos.

Miré a Roberto sin pestañear, nos teníamos que haber equivocado. Pero la dirección era ésa, pregunté al hombre de la puerta de quién era la casa y me contestó que de una familia muy rica de la isla. "¡Mire la fiesta que tienen organizada!". Aunque al preguntarle si conocía a *Chance*, incluso dándole su descripción me dijo que no. Podía haber mentido al inscribirse en el registro del puerto. Por último, le di al guardia la descripción de la mujer que lo acompañaba y me señaló que podía ser la hija del dueño. Roberto y yo nos miramos sin hablar. Le espeté al desconocido que si podíamos pasar. "Somos amigos". Miró la lista y sin vacilar nos contestó que si no estábamos no podía dejarnos pasar. Era una fiesta privada y estaba claro que debía ser muy exclusiva.

-¿Cómo entramos? Ése cabrón está ahí dentro seguro. La chica estará en el ajo. Vete a saber de qué la conoce.-reflexionó Eduardo.

-¿Entrar? Tal vez si volvemos a intentarlo con el de seguridad…

-Cuanto más desapercibidos pasemos mejor.

-¿Qué hacemos con la ropa? Todos van de traje.

-Lo importante es entrar. Ya nos las apañaremos.

Saltamos la verja con facilidad. Nadie vigilaba el reciento. A pesar de que había gente importante, la vigilancia era casi inexistente, en las islas nunca pasaba nada. En La Isla del Maíz rara vez sucedía algo. Si alguien robaba, al día siguiente lo sabía el islote entero. Y aquél lugar también inspiraba tranquilidad.

Nos colamos entre los árboles y rodeamos la casa. Los enormes ventanales reflejaban una casa de mármol con antiguas esculturas y cuadros viejos, seguramente muy valiosos. Había una docena de camareros pululando por el amplio salón en el que todos hablaban. Una pequeña orquesta amenizaba la velada, mientras Roberto y yo permanecíamos furtivamente ocultos entre la maleza a la expectativa. Miramos hacia un balcón de la segundo planta. Una guapa morena ondeaba su melena al viento enfundada en un traje rojo, sostenía una copa de champaña. De repente apareció él. También vestía con traje de chaqueta e iba repeinado hacia atrás. Se le podría haber confundido con cualquiera de los elegantes señores que habían acudido a la fiesta. Su imagen de vagabundo, la primera que le conocí en la playa, emergió de mi cabeza hasta enfurecerme. Era imposible escalar hasta allí y nos vería antes de llegar hasta él. Pero teníamos que atraparlo. La sangre hervía en mi interior. Roberto permanecía callado, sin decir nada, por una vez. Agarrado del brazo, lo llevé hasta el terraplén donde estaban aparcando los coches. No me preguntó qué hacía, supongo que él también estaba furioso. Tanto que era incapaz de articular palabra.

Yo nunca fui violento, odiaba la agresividad desmedida. Hasta que vi a dos tipos charlando tranquilamente, paseando plácidamente con dos copas de güisqui. Estábamos parapetados tras unos arbustos hasta que no sé cómo, algo en mi interior me indujo a saltar sobre ellos. Primero golpeé a uno y luego al otro. Estaban ebrios y cayeron noqueados sin pestañear, también debido a que eran bastante mayores. Cuando miré hacia atrás, Roberto tenía los ojos desencajados. A los pocos segundos empezaron a moverse y volví a pegarles sin contemplaciones. Durante unos minutos los pataleé hasta que Roberto me cogió por detrás para detenerme. "¿Los quieres matar? ¿Pero qué haces?". Le expliqué que nos pondríamos sus trajes y subiríamos hasta el balcón. Era la única forma de llegar hasta él.

A regañadientes se puso el traje, por supuesto, no era de su talla. Atamos a los señores mayores con nuestras propias ropas y los dejamos maniatados en un seto. Sabíamos que los cordones de los zapatos y unas camisetas no impedirían que se deshiciesen de las mordazas al poco rato, pero asumimos que ya era demasiado tarde para dar media vuelta.

La puerta estaba abierta, sin que nadie vigilase quien entraba, y nos adentramos entre la multitud. Teníamos que disimular e intentar no hablar con nadie. Uno de los dos se quedaría abajo vigilando, por si sucedía algo inesperado, mientras el otro subía. Por supuesto, subí yo. Roberto tenía el acento de las islas y sería más difícil descubrirlo. Siempre y cuando permaneciese apartado de los curiosos.

Roberto se acercó hasta una enorme mesa bordeando la instancia pegado a la pared. Su traje gris marengo conjuntaba perfectamente con su camisa azul y una corbata gris oscuro con dibujos de cuadrados superpuestos del color del cielo. Los zapatos, dos números más pequeños, le hacían caminar despacio y con cara de dolor entrecortado. La gente lo miraba porque a pesar de que iba acorde con la ocasión era un extraño para todos. Aunque los anfitriones estaban demasiado ocupados como para fijarse en él y a lo sumo, cuando pasó frente a la dueña de la casa, ésta creyó que sería el acompañante de alguna de las invitadas, sin prestarle mucha atención. Sorteó a la gente hasta que llegó a la mesa y una vez allí le sirvieron una copa de vino tinto y un plato de un surtido de entremeses y carnes. Había distribuidas bastantes mesas alrededor de la sala en la que se sentaba para comer o conversar. Encontró una pequeña mesa redonda no muy alejada de la comida, donde se quedó. Nadie parecía prestarle atención. A ambos lados había varios grupos que charlaban plácidamente mientras bebían sin mesura. De vez cuando contemplaba la escalera por la que Eduardo había subido hasta la habitación en la que vieron al francés. Hacía sólo diez minutos que había subido, la casa era tan grande que le costaría dar con su paradero.

Capítulo 18

Al final todo me salió mal: Inculpar a Eduardo, ganar la lotería e incluso, ahora, ser cómplice de una agresión. Encima el traje me queda pequeño, tengo que parecer un idiota. Si por lo menos tuviese mi antigua melena para pasar desapercibido. Un calvo siempre llama más la atención. Me colocaré en aquella esquina y de paso como. Si nos detienen habré cenado bien por última vez en mucho tiempo. Espero que le saque a ese cabrón embustero toda la verdad, Tenemos que ingresar el dinero lo antes posible para evitar que nadie se de cuenta. Dudo mucho que le dé el dinero por las buenas, a saber dónde lo tiene. A estas alturas estará bien ingresado en una cuenta en un paraíso fiscal. Aunque claro, si le decimos que llamaremos a la policía…

Me acerqué hasta una enorme mesa con comida y bebida. Cuando ya me había servido un plato y una copa de buen vino busqué una mesa y me senté. Era pequeña, por lo que nadie más vendría a sentarse o decirme algo. Sobre todo porque estaba comiendo. Es lo que pensé, hasta que aquella chica decidió sentarse junto a mí.

-Perdone, le importa que me siente con usted. ¿Ha venido sólo? Detesto comer sola, es uno de los inconvenientes de viajar mucho, así que siempre aprovecho para sentarme con alguien. Me llamo Sandra.

Tenía la boca llena cuando se dirigió a mí. Mis ojos estaban atareados entre la escalera y el plato. Pensé que se trataba de un sueño, ¡pretendía estar solo y me abordaban de aquella manera! Solté los cubiertos y terminé de masticar el trozo de carne con patatas en una salsa deliciosa. Levanté mi vista poco a poco hasta sus ojos repasando el color blanco de su vestido desde la cintura hasta sus ojos. Tendría unos 27 años. La tez morena, delgada como un alfiler y con el pelo negro. Una chica sudamericana con acento isleño, cosa bastante normal, en otros tiempo la inmigración desde los países suramericanos hasta las islas fue continua. Realmente le quise decir que se fuese. Fue esa absurda manía por aquel tipo de chicas y su simpatía, no pude más que observarla y sonreír, gesto que advirtió como afirmación ante su petición. Le hice un hueco en la mesa y se sentó sin más.

-Te hablaré de tú. No pareces uno de esos estirados ¿Cómo te llamas?

-Roberto.

-¿Y de dónde eres Roberto?

-De aquí. Bueno, casi…

-Pero qué misterioso.

-Soy de La Isla del Maíz.

-Ah… ¿Y qué haces aquí? Si no es mucho preguntar.

-Divertirme, como todos.

Estaba tan nervioso que tiré el tenedor al suelo en un descuido. A qué venían tantas preguntas. Seguro que terminaría por descubrirme.

-¿Y tú?

Le dije sin más.

-¡No has contestado a mi pregunta!

-He venido por una cuestión de negocios. Pero estamos en una fiesta ¿no? Prefiero hablar de cosas más divertidas.

-Pues yo estoy aquí porque los anfitriones son unos antiguos amigos de mis padres. Como ellos no podían venir aquí estoy yo. Suelo tener una agenda muy apretada porque llevo los negocios de mi familia fuera de la isla. Ya sabes, todo lo relacionado con la importación. Pero tampoco quiero aburrirte con temas de negocios. Me extraña que vinieses sin pareja. ¡Y qué bien! Así nos haremos compañía. Quizás vengan unos amigos. Aquí nos conocemos todos, solemos frecuentar los mismos sitios. ¡Nunca te había visto antes! ¿Sales poco de la isla?

-Un isleño sólo quiere vivir en su isla. Prefiero viajar poco. Allí lo tengo todo.

-¿Qué es todo? ¿Estás casado?

-No, para nada, estoy soltero y sin compromiso.

-Qué bien. Yo también...

Estaba atónito. Sus labios parecían de fresa y su interés hacía descuidarme e ignorar que debía cortar la conversación ya. Aunque la pobre parecía tan sola que decidí continuar hablando con ella un rato más.

-Mira todos aquellos estirados. Menos mal que las nuevas generaciones somos más normales. Ser rico es difícil, tener dinero es muy fácil, lo que resulta complicado es dedicarse tiempo para uno.

-Pues no sé. Yo dedico todo mi dinero a ser feliz.

Me refería a apostar la mitad de mi sueldo de funcionario en las apuestas que hacía a diario. Justo cuando iba a explicarle que tenía razón, los ricos teníamos que saber descansar y que nuestra vida no fuese sólo trabajo, apareció un grupo que parecía conocerla. Se acercaron hasta la mesa y me los presentó. Se sentaron en una mesa enorme que estaba al lado y nos invitaron a acompañarlos. Sin darme cuenta ya me había acomodado junto a ellos.

Entre bromas contaban lo bien que les iban los negocios. Eran los hijos de los grandes empresarios de la isla. Era la primera vez que me sentaba entre gente de tanto dinero y supe que aquello era para mí. Me sentía tan cómodo que incluso creí que yo también era rico y estaba charlando con unos amigos de toda la vida. La copa de vino no dejaba de llenarse por arte de magia y de vaciarse por arte de renuncia al miedo.

-Dinos, ¿a qué te dedicas? ¿Es la primera vez que vienes por aquí verdad?

-Ya le dije antes a Sandra que vine por negocios. Nada importante, pero estamos en una fiesta, para qué vamos a ponernos serios.

"Un hombre que no mezcla el placer con los negocios", respondió uno de los chicos. "Sabia decisión, es un fallo que suelo cometer. ¿Aunque queréis que os diga la verdad? La mayoría de los negocios que hago siempre son tomando una copa". Todos asintieron con la cabeza, grabando en mi memoria: en los negocios siempre se intenta llevar al otro a tu terreno y si está bebido mejor.

Era un grupo bastante heterogéneo. Había dos chicas, una rubia y una morena, las dos con traje y aspecto desenfadado. Como si la costumbre ante aquellos acontecimientos las mantuviese en otro nivel distinto de relajación, igual que a los tres chicos, aunque ellos dejaban traslucir sus diferencias de forma más acentuada. Vestían con traje, pero sus camisas eran de colores llamativos, sin corbata. Sus peinados iban desde los pelos de punta hasta una melena al estilo de los *Beatels*. Incluso uno de ellos estaba rapado como yo. Supongo que también se estaría quedando calvo. Eran el prototipo de jóvenes triunfadores: guapos y con dinero. Como curiosidad, ninguno tenía pareja y habían asistido solos. Simplemente era un grupo de amigos que se conocía desde la infancia porque habían asistido al mismo colegio de pago. Sus padres también se conocían hacía mucho tiempo e incluso hacían negocios juntos.

El chico que estaba rapado entabló una pequeña conversación acerca de las cualidades de su amiga rubia, Ana.

-¿Has visto la última obra de teatro que estrenaron en *Nueva York* hace unos días? Se llama "The modern bohemian", te gustaría. Trata de un grupo de jóvenes que surgen de los suburbios americanos de distintas ciudades para encontrarse todos en *Nueva York*. Estudian en la universidad, pero deciden que la vida es algo más que tener el futuro que te marca la sociedad.

-Qué bien. Es cierto, hay que romper con lo establecido. Ser algo más que lo que estudias y lo que quieren que hagas. Seguro que me gustaría la obra, es como nosotros.

Me sorprendió tanto que creyesen que ellos estaban luchando contra algo que no tuve más remedio que replicarles que ellos eran hijos de ricos, que eran ricos y que querían seguir siéndolo, ya que seguían participando de los negocios familiares. "No habéis cambiado vuestro futuro en nada".

-Tal vez. Pero tú tampoco, aunque sabemos poco de ti. Por tus palabras parece que eres un nuevo rico de los que ha tenido que escalar para llegar hasta aquí.

-Más o menos.

Sus palabras me dolieron. Por qué tendría que sentirme mal por ser rico de repente, como jugando a la lotería. El caso era tener dinero, veía que tal vez ellos eran más clasistas de lo que pensaba. ¿El hecho de tener una fortuna desde siempre te haría tener superado que tenías recursos y preocuparte por otras cosas, olvidando tener que despertarse cada mañana angustiado por llegar a fin de mes?

-¿Por qué lo dices?

-No te molestes hombre, sólo era un comentario. Pareceremos unos *esnobs*, era por curiosidad. De todos los que estamos aquí ninguno proviene de las antiguas generaciones de terratenientes de la isla. Precisamente nuestros padres consiguieron todo lo que tienen hace relativamente poco. Te lo decía porque es muy difícil llegar a ser alguien. Y no creas que nosotros lo olvidamos, pero cada cual tiene sus propios fantasmas.

-¿Realmente os creéis como los jóvenes de la obra de teatro a la que te referías? Esos protagonistas existen de verdad, pero no sois vosotros. Es lo que hoy en día está ocurriendo debido a las escasas oportunidades de llegar a ser alguien.

-Tampoco hay que ponerse así. Ten en cuenta que nosotros tenemos que sobrellevar la responsabilidad de mantener lo que nuestros padres han conseguido. Que vamos a hacerle si no me tengo que preocupar por el dinero que no tengo. La vida es así. Naces en cualquier parte del planeta con un pasado familiar. A mí, a ellos y a ti, te tocó el que tienes, así de simple. Por eso me preocupo por como va la bolsa o si tengo hecha la reserva en el campo de golf, en vez de por qué mi jefe me hace trabajar hasta las nueve de la tarde por lo que me paga. Entre nosotros, qué le vamos a hacer si nosotros somos los jefes y lo que queremos es obtener beneficios.

Susana me miraba cada vez más hasta que intervino en la conversación.

-¡A ver si te crees que con el traje que llevas puesto o la comida del plato no podrías pagarle unos días a un pobre en un buen hostal! Has preferido pensar que tú te mereces este despilfarro, ¿verdad? Nadie dice que seamos unos santos, hacemos lo que tenemos que hacer, ganar dinero para mantener nuestro estatus, ya está. La suerte es así de caprichosa. Unas veces llama a tu puerta y otras huye de ti. Además, confiesa que tú, igual que nosotros, tienes problemas para encontrar pareja. Es difícil que la gente piense en ti sin más. Y te diré otra cosa, por el hecho de tener dinero, incluido tú, tendrás que demostrar que vales. Que simplemente la suerte no llamó a tu puerta. Es difícil sobrellevar que todos piensen que has llegado hasta aquí por tu familia y que en realidad eres un imbécil integral.

-¿Si no fuese porque tengo dinero nunca te habrías sentado en mi mesa porque creerías que quiero algo de ti? ¿Así os aseguráis que no hay intereses ocultos?

-Tal vez. Aunque he de confesarte algo.

Se acercó hasta mi oído y me susurró que siempre hay un interés detrás de cualquier amistad. Al estremecerse todo mi cuerpo volví a recordar que Eduardo seguía en alguna parte de la casa. Me planteé subir a ver qué pasaba cuando recordé que habíamos dejado a dos hombre maniatados en el jardín y en cualquier momento podía llegar la policía. Momento en el que no sabía exactamente qué haría. Miré la batería de mi móvil y quedaba todavía la mitad. A veces se apagaba sólo, confiaba en que funcionase…

De repente, la sala entera enmudeció y se creó un gran revuelo. Las chicas se levantaron y fueron corriendo a ver qué pasaba. "Mira, también hay policías", aseveró Susana. Sabía que ya lo habían descubierto todo. Seguro que Eduardo había encontrado a *Chance* y se había producido algún incidente. Las chicas tardaron unos segundos en volver. Yo intenté alejarme sutilmente para llamar por teléfono, pero Susana posó sus ojos sobre mí, al tiempo que decía que habían atacado al dueño de la casa y a uno de sus amigos. Argumentó que les habían quitado la ropa y sangraban en abundancia por la paliza que les había propinado. La policía también había llegado. La dueña de la casa comenzó a gritar y corrió hasta mi mesa. Por lo visto, uno de los chicos era el hijo del amigo. Pero al mirarme de nuevo se quedó inmóvil. Se fijó en mi corbata y luego me preguntó quién era yo. Las copas de vino habían hecho su efecto y me rodearon sin darme tiempo a pensar en escapar. Dos agentes me pusieron las manos a las espaldas y el dueño de la casa se acercó hasta donde estaba reconociendo al instante sus ropas.

El sueño desapareció al momento. Ser rico, conseguir lo que siempre me había propuesto, se esfumaba con la repentina sobriedad que se agolpó en mi cabeza. Los policías me retorcían los abrazos mientras aquel señor mayor me golpeaba como podía, al igual que el chico de las melenas. "¿Dónde está tu amigo?", me gritaban. Miré hacia la escalera y vi a Eduardo volviendo a subir. Intenté decirles que era él. Con el ruido y el tumulto nadie me escuchó. "Se puede tener caradura, encima sentarse a mi mesa", me soltó el hijo del otro hombre malherido. Los policías me explicaron que me llevaban a comisaría, allí daría cuenta de lo sucedido. Recuerdo las caras amables… se tornaron agrias y amargas.

Capítulo 19

Subí las escaleras lo más rápido que pude. Roberto se adentraba entre la multitud y parecía que la gente no le prestaba mucha atención. La escalera daba una curva hasta llegar a la parte de arriba. Cada peldaño de mármol era un pensamiento lleno de miedo, percibí algunas miradas que siguieron mi estela hacia el primer piso, las evité fijándome en el final de mi recorrido. Después de unos segundos, ya estaba en la primera planta. Desde arriba se veía perfectamente como el salón estaba rodeado de mesas plagadas de gente charlando plácidamente al ritmo de la suave música. En el centro de la pista también había gente de pie, parecían buscar aquel espacio para relacionarse. Los camareros daban vueltas constantemente con bandejas de exquisitos canapés y bebidas. Mi última mirada fue para ver como Roberto proseguía su camino pegado a la pared. Era un tipo nervioso, difícil de controlar. Sabía que tenía que darme prisa.

Me fijé y la gente también subía arriba, cuando los servicios de la primera planta estaban llenos. Saludé por cortesía a varios señores que pasaron junto a mí. Yo había tenido más suerte que Roberto y el traje que llevaba era sólo una talla menos que la mía. Nadie pareció percatarse de que era un extraño. Retomé la imagen del balcón en mi memoria e intenté pensar en qué parte de la casa se encontraría la habitación que vimos desde el jardín. Encontré rápidamente la escalera. Quedaba más apartada que la primera de las miradas que echamos, subí corriendo. El tiempo primaba. Una vez en la segunda planta de la casa me fijé en que toda la decoración tenía cierto aire barroco. Parecía bastante fea. Para tener tanto dinero podían haberla decorado con un estilo más moderno, sería cosa de los ricos.

Una vez en la segunda planta, me adentré en un corredor plagado de puertas. Intenté hacer cálculos para dar con la habitación exacta, cuestión harto difícil. No me quedó más remedio que ir abriendo puertas.

Pegué la oreja a la primera puerta para ver si se oían voces, nada, tuve que abrirla. Nada. Lo encontré tras la tercera puerta. Contuve la respiración porque estaba de espaldas, hablando junto a la chica. Me introduje silenciosamente y cerré la puerta sin hacer ruido. No sabía quién era la muchacha, sólo que aquel francés había cambiado el resto de mi existencia. Las cortinas de seda blanca se movían con el viento. Dejé atrás una horrible cama, también con cortinas blancas, y entré en el balcón, postergando la idea de volver al cuarto amarillo. Cuando salí al balcón me percaté de que los zapatos que había robado hacían ruido al andar debido a un pequeño tacón de madera. *Chance* se dio la vuelta de inmediato, también la chica. Corrí hacia él y lo cogí del cuello sugiriéndole entrar en al habitación. Antes de que la chica gritase le dije que como hiciese el menor ruido le partía la garganta y luego a ella. Ambos obedecieron sin rechistar. Todavía no me creía que lo tuviese frente a mí. Su imagen había cambiado radicalmente en cuestión de dos días. Llevaba un traje caro y una buena camisa, estaba bien afeitado y repeinado hacia atrás, parecía otra persona. Nunca jamás creí podérmelo imaginar de aquella guisa y con tan buena compañía. La chica era muy delicada, se notaba que tenía buenos modales por su forma de obedecer. Tal vez lo que menos le importase fuese perder dinero.

Metí al francés de un empujón en la habitación, estaba asustado, lo vi en sus ojos, la chica también. Cogí una pieza de metal, una especie de estatua con forma de mujer, y volví a amenazarlo con romperle la cabeza. La chica me preguntó qué quería. Podía darme el dinero que quisiese, quería que los dejase en paz. Aunque sabía perfectamente que ella lo había acompañado desde La Isla del Maíz.

-¡Sí! Ayer cogí un avión hasta la Isla del Maíz, para luego volverme con Jean en barco. No tiene nada de malo. ¿Jean ha hecho algo?

-Ha robado unos 130 millones de pesetas del Ayuntamiento, implicándonos a mí y a otro compañero.

El francés contestó que los únicos ladrones éramos nosotros. Le respondí que sí, pero el trato era que devolveríamos el dinero al día siguiente. La chica parecía sorprendida. Desconfiaba, así que no presté mucha atención a sus lamentos.

-Mira, no sé cómo conociste a este estafador ni qué relación tienes con él. Pero te aseguro que es un ladrón. Con mucha labia, eso sí. Mira que tragarme el cuento de la suerte y del hombre que te la dio. Y el espectáculo que me montaste en la administración. ¿Dónde está el dinero, cabrón?

-En el banco, en una cuenta de un banco suizo, mañana lo podemos sacar.

-Mañana es domingo. ¡Ahora mismo vas a sacarte un ordenador de donde sea para hacer la transferencia desde la cuenta esa hasta la del Ayuntamiento! Y reza porque tengas hasta el último céntimo. Porque nosotros iremos a la cárcel, pero tu irás con nosotros. Nos vamos esta noche, cuando mañana comprobemos que el dinero está allí podrás hacer lo que quieras. Así que ya estás buscando un ordenador con acceso a Internet. ¡Venga!

-En la habitación del fondo hay uno.-dijo ella.

-Buena chica. Si colaboráis no os pasará nada, os doy mi palabra.

Fuimos hasta la habitación. Recorrimos el pasillo hasta llegar a la puerta. La chica entró primero, yo estaba situado detrás del francés. Justo cuando iba a atravesar el marco de la puerta se revolvió de forma violenta intentando escapar. Blandí el objeto y lo estrellé en su cabeza. Calló redondo al suelo ante la cara de pavor de la chica. La empujé de nuevo al interior de la habitación y le dije que se tranquilizase. Cogí a Jean por los pies y lo arrastré hasta el interior de la habitación cerrando la puerta al instante.

-Enciende el ordenador, esto va en serio.

Jean estaba inconsciente y sangraba por la cabeza. Tranquilicé a la chica diciéndole que era sólo un rasguño. Encendió el equipo y se conectó a Internet.

-¿De qué lo conoces?

-Soy su psicóloga. Hace unos años vino a parar aquí. Estaba muy mal. En Francia habían cerrado los psiquiátricos y no sabía a dónde ir, se fue a un aeropuerto y compró el billete más barato que había, es lo que me dijo. Después de varios meses la policía lo terminó llevando al psiquiátrico en el que trabajo. Lo acogimos porque al principio pensamos que era un vagabundo que no tenía a donde ir. Al tiempo nos enteramos que había trabajado durante unos años en algo relacionado con la informática y cuando estuvo mejor lo dejamos ir. Yo le compré un equipo para que siguiese con su trabajo y rehiciese su vida.

-¿Qué le pasaba exactamente?

-Decía que poseía la suerte. Según nos contó, un viejo le había dicho que le había concedido la suerte. En realidad no sé si es cierto que nadie le dijese nada. Tenía unos problemas derivados del abuso del alcohol. Tantos, que llegaba a tener alucinaciones. En cuanto dejó de beber se puso bien y encontró un trabajo para una pequeña empresa de la isla, gracias a un amigo de mi padre. Cuando tuvo un poco de dinero se fue a vivir a La Isla del Maíz.

-¿Y a qué vino tanta amabilidad? ¿Te comportas igual con todos tus pacientes?

-No exactamente. Estoy enamorada de él, por eso le ayudé tanto. Yo era la primera que le rogó que se quedase aquí, pero me dijo que volvería cuando pudiese darme la vida que había llevado hasta ahora. En realidad, soy la hija de los dueños de la casa. Somos una de las familias más ricas de la isla. Jean sabía que mi familia nunca aprobaría que estuviese con un loco sin recursos. Pero dime, ¿qué ha hecho? Ayer me llamó y me dijo que ya podía darme un poco de la vida que me merecía. Le conté que mis padres daban una fiesta y que sería una buena ocasión para presentarle a mi familia. Además, le había conseguido un buen asunto de negocios con un amigo. Sólo tenía que invertir algo de dinero y rápidamente ganaría el doble. Pero supongo que el dinero no es suyo y vienes a que te lo devuelva. No sé cuánto os ha robado, pero te aseguro que tengo muchísimo dinero. Te daré lo que quieras. Ésta es la habitación de mi hermano. En el cajón tiene un ejemplar de Quevedo que no tiene precio, es tuyo, cógelo. Pero por favor, déjanos tranquilos.

-Creo que sabes bastante poco sobre este tipejo. Está estafando a media isla diciendo que realmente tiene el poder de la suerte. Hace que la gente le dé un tanto por ciento de las apuestas que hacen a través de él, con el cuento de que tiene suerte. Pero en realidad, usa un programa informático para sacar los números que supuestamente saldrán en la lotería. Aunque creo que también era mentira.

-La verdad es que ahora que lo dices, sí que me dijo algo sobre un programa que quería inventar o que sería un milagro crear, nada más. Era algo de lo que hablaba como un imposible…

118

-¿Sabías que vivía de una paga que le había quedado de su padre y que realmente casi no sabía programar?

-Pues en la empresa en la que estuvo sí que hacía labores de informático. Aunque desconozco el tema en profundidad.

-Vamos a ver… ¿Realmente sabes algo de él?

-Lo que él me contó. Me pareció mal comprobar todo lo que me decía. Sólo tengo su expediente sanitario del psiquiátrico. Aunque hay algo raro. En Francia no constaba su nombre como paciente de ningún psiquiátrico ni nadie con problemas con la bebida. Supuse que habrían traspapelado su expediente. Yo hablo inglés y alemán, pero el francés no es mi fuerte. Así que lo dejé como imposible.

Chance comenzó a moverse. Se tocó la cabeza frotándose la parte ensangrentada. "¿Qué me has hecho?". Le expliqué que era un poco de lo que le esperaba si no hacía lo que le decía, aquello iba en serio. Le ayudé a incorporarse y lo senté frente al ordenador.

-Ahora ya puedes enviar el dinero de nuevo a la cuenta del Ayuntamiento.

-Me llevará un rato, lo he distribuido en varias cuentas.

La chica miró al francés y le pidió que le explicase qué había hecho. Él le dijo que una apuesta segura que al final tuvo dos fallos. Yo fui el que le contó lo que había hecho. Lucía, que era como se llamaba, se quedó un rato contemplando al amor de su vida. Supe por sus ojos que a pesar de aquello intentaría ayudarlo. Tampoco le quitaba la vista de encima, y, si era la hija de los anfitriones, no tardarían en echarla de menos. Le metí prisa a Jean. Abrió unas cuentas en bancos extranjeros que no había visto en mi vida. Vi como ponía el número de cuenta del Ayuntamiento y hacía la transferencia.

Al rato terminó y me dijo que ya estaba todo, pero la única manera de comprobarlo era ir al ordenador del Ayuntamiento. Lo obligué a levantarse y empuñando un abrecartas que encontré en la mesa, le expuse que ahora el plan era salir de allí sin armar mucho ruido, nos iríamos sin que nadie lo notase, a estas alturas ya no me importaba nada. Si intentaba escapar o jugármela no dudaría en apuñalarlo. Lucía también vendría con nosotros. Me dijo que tenía un BMW azul aparcado en la puerta. Sacó las llaves y me las dio, estaba en la parte izquierda de la casa, en un pequeño garaje. Los até con unas cortinas y los cordones de los zapatos de Jean. Tenía que ir a avisar a Roberto, su móvil comunicaba. Sólo tardaría unos segundos en asomarme al salón y hacerle una señal para que subiese.

En cuanto estuvieron bien atados salí de allí corriendo. La huída sería fácil porque había otra escalera que daba directamente el garaje. Pero no me atrevía a dejarlos mucho rato solos por miedo a que se desatasen. Me lancé escaleras abajo. Cuando llegué al primer piso escuché un enorme revuelo y muchos gritos. Me asomé sólo con la cabeza y vi a tres policías llevándose esposado a Roberto, nos habían descubierto. Los dos hombres del jardín llevaban unas mantas puestas encima y sangraban mucho. Quise ver más de la escena porque parecía que la multitud se abalanzaba sobre él, incluso para pegarle. Pero sabía que tenía que salir de allí porque en breve comenzarían a buscarme.

Volví a subir a toda prisa hasta la habitación. Cuando entré, casi se habían desatado, ahorrándome el trabajo. Les dije que se pusiesen boca a bajo y que escuchasen atentamente. "Si hacéis alguna tontería os mato". Los llevé a punta de cuchillo escalera abajo. Como era la de servicio no nos encontramos más que a dos camareros a los que sonreímos mientras apretaba el abrecartas en la espalda del francés.

-Abre el coche. Tú también te vienes con nosotros y procura que no te vean. Vas a conducir, Jean irá en el maletero. Yo iré en el asiento del copiloto. Si decides hacer alguna tontería, te rajo la barriga.

-¿Y si me dicen algo? ¿Qué hago?

-Decir que todo va bien.

Capítulo 20

Al salir de garaje las luces de la policía la sorprendieron. Sabía que ya me estaban buscando, pero no lo que le había sucedido a su padre. Le dije que se diese prisa. Nadie la paró, excepto el guardia de seguridad al que le dijo adiós. A lo que le contestó que sentía mucho lo ocurrido, tras lo que comenzó a preguntarme qué había pasado.

-Tranquila, tu padre sólo tiene unos rasguños, se pondrá bien.

-¿A dónde vamos exactamente?

-Al puerto del sur.

En el primer semáforo escuché como le abría el maletero a *Chance*. Arranqué las llaves del contacto y salí del coche como una exhalación. El francés asomaba la cabeza para ver por qué se había abierto el maletero, cuando lo cerré de nuevo dándole un tremendo golpe en la cabeza. Había pocos coches y nadie se dio cuenta de nada. Me volví a meter en el vehículo y le dije a Lucía que ahora conduciría yo. Cambiamos de asiento dentro del coche. Los vehículos de atrás empezaron a pitar. Arranqué y nos fuimos. En el siguiente semáforo le di una torta a la chica y le expliqué que si volvía a hacer una tontería semejante no lo contaría.

Apreté el acelerador a fondo y nos dirigimos al puerto, según las indicaciones de Lucía. Tardamos unos 30 minutos. Cada sirena me ponía los pelos de punta. En cuanto que se percatasen de la desaparición de la hija del dueño correría la voz de alarma. Las calles de la ciudad estaban llenas de gente que paseaba porque era sábado. Aunque tampoco me fijé demasiado en ellos, tenía mucho miedo. Al llegar al puerto me planteé dos cosas. Una: si dejaba a la chica allí para evitar que pareciese un secuestro, llamaría a la policía y me estarían esperando directamente en el puerto. Y dos: si me la llevaba parecería un secuestro, pero ganaría más tiempo hasta que nadie se percatase de lo sucedido. Supuse que no, porque nadie había intentado localizarme. Y supongo que a Roberto tampoco. La gran incógnita era qué le había contado a la policía. Porque tal vez me estuviesen buscando ya. Al tratarse de gente importante, los trámites policiales siempre se aceleran. Suponía estarían interrogándolo en ése preciso momento. Deduje que me quedaban un par de horas hasta que la policía se pusiese de acuerdo para buscarme. Calculando que tardásemos unos 45 minutos o una hora, a todo gas, me quedaría otra hora para ir al Ayuntamiento y comprobar que había hecho la transferencia. Lo primero que haría la policía es mirar las cuentas del Ayuntamiento o por lo menos vigilarlo, ya que ningún funcionario iría a trabajar un domingo aunque hubiesen hecho un desfalco o hubiese estallado la tercera guerra mundial.

Aparqué frente al barco. Me dio igual que viesen el coche y que alguien se preguntase de quién era. Por la mañana ya estaría en búsqueda y captura de una u otra forma. Decidí que la mejor manera de ganar las dos horas que necesitaba era llevarme también a la chica. Nos montamos en el barco y arranqué los motores a toda velocidad. Puse la palanca a fondo y salimos del puerto con las luces encendidas. Realmente no sabía si llegaríamos hasta la isla porque una cosa era navegar de día y otra muy distinta de noche. Aunque a lo lejos se veía el resplandor de las luces de la ciudad, trataría de dirigirme hacia ellas.

Miré a *Chance* y le pedí que se sentase a mi lado. "Por favor, cuéntame la verdad. ¿Quién eres en realidad y que querías hacer con el dinero?". Se giró hacia la chica que se había sentado en la popa del barco. El ruido de las olas y el motor hacían imposible que nos escuchase si no era gritando. Se acercó mucho hasta mí y me dijo que si que quería saber la verdad me la contaría.

-Soy un timador. ¿No te ha quedado claro?

-Por lo que me han contado de ti. Creo que recibes una pensión y que es de eso de lo que realmente vives. Eres informático, pero no muy bueno. Y sé que llegaste hasta aquí con unos problemas con la bebida. Además, lo del programa informático será también mentira. ¿Pero cómo hacías para acertar de vez en cuando?

-Lo del programa informático es cierto. Pero nunca llegó a funcionar ni tan siquiera en la proporción que os dije. Es casi como tener la misma suerte que te toque apostando sin más. Es cierto que conocí una vez a un hombre que me dio la suerte, de ahí es donde saqué mi historia. Dudo que fuese real lo que me dijo, pero me sirvió para tener una buena excusa para que la gente me diese su dinero para apostar. Ten en cuenta que cuantas más apuestas más probabilidades, eso sí que es verdad. Es lo que nos podía haber pasado a nosotros. Aún así, sigue siendo bastante difícil que te toque. Remotamente imposible, si no es por casualidad.

-Por curiosidad. ¿Cómo era aquel hombre? ¿Habías bebido cuando lo conociste? Sandra me dijo que tenías alucinaciones cuando bebías.

-No había bebido. Fue en uno de los periodos en los que había dejado el alcohol. La historia es cierta, pero como en realidad no soy buena persona podría tratarse de eso. Aunque no creo en esas cosas. Sería otro loco como yo, sólo eso.

-¿Y qué pensabas hacer con el dinero?

-Invertirlo en la empresa de un amigo de esta chica. Era una inversión que doblaría el capital en una semana. La empresa tiene una serie de acciones en bolsa que ahora no valen nada.

Dentro de unos días, aunque no lo sepa nadie, el Gobierno va a concederle una obra muy importante, momento en el que las acciones doblarán su valor. Obviamente, lo sabe por los contactos que tiene. Se trata de un arreglo entre poderosos. Tú me ayudas a mí y yo te doy un pellizco del pastel.

-¿Y qué pasa con Sandra?

-Bueno, está bien y es rica. Pero para qué quiero quedarme en una isla siendo rico. Me iría más tarde o más temprano. El conocer a sus padres es por si podía sacarle algo más.

-¿No te importa nada la gente?

-Cuando llevas una vida como la mía decides que las prioridades son otras. Primero es solucionarme la vida y luego ya veré. Para el amor siempre hay tiempo. Además, para ella siempre seré el loco al que curó. En definitiva, el ex loco. Cosa que jamás olvidará. Prefiero empezar desde cero. Aunque claro, hora mis planes han cambiado bastante desde que vuelvo a no tener nada. Ése dinero era lo que me haría cambiar de vida.

-Y a mí, pero podías haber pensado en lo que nos pasaría.

-Tal vez...

-¿Pensabas volver a Francia después?

-¡Estás loco! Me buscan por algunas cosillas que hice en las empresas que estuve. Es duro hacerse rico sólo trabajando.

-Pues igual que para todos.

-Sí, pero mira Roberto. Él sabe que es incapaz de tramar un plan como el mío. Por lo que se dedica a hacer apuesta, tiene su propio sistema de probabilidades, apostar mucho hasta que le toque.

-Podría gastarse todo el dinero que tiene y que no le tacase jamás.

-Sí, es lo que pensaría alguien como tú. Bueno, tal vez, porque una vez que tuviste tu oportunidad no la dejaste escapar. Tú también querías probar con las estrellas para dejar una vida que en realidad te aburre. Es lo fácil, nadie quiere trabajar.

-¿Pero cómo conseguías acertarle los números a la gente de vez en cuando?

-No lo sé, simplemente por suerte. Al llegar aquí e inventarme la historia no creí que fuese a acertarle un par de pequeños premios a la gente. Tras lo que se corrió la voz. Después casi no volví a acertar nada. Pero una vez que te creas la fama ya es imposible que la gente se olvide. En La Isla del Maíz son muy supersticiosos, fue fácil que la gente empezase a venir a mí. Incluso pensé en cobrar las consultas… De verdad, es increíble lo que puede llegar a hacer la gente para que les des suerte. De todo, créeme. Mírate tú, que poco tiempo tardaste en volverte un loco de la suerte, como todos los demás. Hay gente para la que soy una especie de dios.

-Pero jugar a ser Dios tiene un precio, si la gente se entera de lo que has hecho será mejor que desaparezcas de aquí para los restos.

-Es lo que menos me preocupa, la verdad es que la gente de aquí me da igual. No quiero nada de ellos, de todos modos aquí no tengo amigos. Todos se creen que me utilizan, porque es lo único que hacen. Y fíjate, es al contrario. A alguno de ellos sí que se le tenía que caer la cara de vergüenza.

-Pero toda la gente a la que has mentido.

-Me da igual, ya te digo que todos tenían el mismo interés en mí que yo en ellos, incluido tú. Cuando llegaste a la isla fuiste mi salvación. Me enteré por Roberto que estabas separado y que venías buscando una nueva oportunidad. Nadie deja su ciudad y se va a una isla si realmente no está desesperado por cambiar de vida. Eras la persona "ideal". Roberto sólo me sirvió para darte el empujoncito que te hacía falta, además de comerte la cabeza con retirarte. Simplemente te hice pensar, igual que con las llamadas de teléfono y la carta. Qué te creías, fue Roberto el que puso ahí la nota. ¿No te lo dijo? Claro que no, supongo que con todo lo que quería hacerte no le interesaba. Pero mejor para mí. Enfrentaros me sirvió para que estuvieseis incomunicados también. El chico que había en tu puesto no quería saber nada del tema. Su familia era de la isla y era imposible que quisiese cambiar de vida. Excepto por su padre, al que había tenido que llevar a un hospital en la península. Intenté utilizarlo, pero como se estaba muriendo no había forma de salvarlo en ningún hospital del mundo. Así que volvió a decir que no a la oferta. Tú tenías que distanciarte de Roberto de alguna forma y con la carta lo conseguí. Al tiempo que él lo hizo de ti porque sabía que había cámaras y tenías que ser tú el que se metiese en la sala de ordenadores por si algo salía mal. Él tampoco se fiaba de ti en realidad. Fue la forma perfecta. Pero antes de seguir... ¿Cómo nos habéis encontrado? Hablasteis con la chica de la administración, ¿verdad?

-Sí.

-Pobre chica. Estaba tan sola. Hubiese hecho lo que fuese por mí. Me dio un poco de pena dejarla allí, pero qué le vamos a hacer. Como te decía, has sido la presa perfecta. A nadie se le hubiese ocurrido hacer lo que hiciste. Tal vez ésa haya sido mi suerte, que llegases aquí. Si es por Roberto no hubiese hecho nada, es un desastre. Menudo jugador, tendrían que ayudarle, será su perdición.

-Ya lo debe de estar siendo.

-¿Qué?

-La policía lo detuvo en la casa. Ya tienen que saber toda la verdad. Se habrá ido de la lengua, seguro.

-Y nosotros volviendo a la isla. ¿Quieres que nos arresten? ¡La policía ya tiene que estar buscándonos!

-Preferiría evitar ser un fugitivo o pasar el resto de mi vida en la cárcel. La única manera es ingresando de nuevo el dinero. Así que por tu bien espero que esté todo ahí. Pero dime algo más. ¿En los años que llevas en la isla lo único que has estado esperando es conocer a un pringado como yo para poder llevar a cabo tu plan maestro?

-No eres el primero al que intento sacar algo de dinero en la isla. Aunque sí el primero con el que me sale tan bien la jugada. Como no se trataba de tu dinero no tuviste tantos problemas para dármelo. Cuando la gente tiene que apostarse su propio dinero se lo piensa más.

Se acercaban a las luces que bañaban el horizonte. El pequeño destello lumínico se iba haciendo cada vez más grande. La noche era clara. La media luna que ondeaba en el firmamento daba tanta luz como podía a las ondas, que se empotraban contra el casco de la embarcación, conectando una isla con la otra. Un lugar que Eduardo siempre había visto en el horizonte como insulso, ya que nunca tuvo la más mínima intención de viajar de una isla hasta la otra.

La policía interrogaba a Roberto inflingiéndole algún pequeño castigo físico como recordatorio de quién tenía el poder. Tampoco era necesario porque estaba contando todo lo que sabía. Aunque claro. A la gran pregunta de dónde estaba su acompañante no le seguía una respuesta satisfactoria y prosiguieron con el castigo. Tiempo que sería vital para Eduardo. La policía ataba cabos sin llegar a ninguna conclusión precisa. Además, todavía no sabían que la hija del dueño de la casa había desaparecido con Chance. Ni tampoco podrían comprobar el valor real de la historia hasta el lunes, cuando el Ayuntamiento diese la voz de alarma sobre el desfalco en las cuentas. Nadie iría un domingo a comprobar nada. Aunque sí que buscarían a Eduardo por agresión y hurto, además de suplantación de identidad. Nada grave si no fuese porque se trataba de un hombre muy importante, en la isla contigua.

La chica de la administración rezaba porque nadie la implicase en tan turbio asunto. Roberto porque dejasen de pegarle y Eduardo por resolver aquel asunto y que nadie se enterase de nada. Incluso Jean por quedarse con el dinero.

Ya estamos. Rodearemos la isla hasta que dé con el dichoso puerto. Aquella parte es la que está cerca del puerto. Al rato, dimos con él. Nos adentramos, estaba desierto, excepto por algún pescador que había faenado por la noche y desmontaba los aparejos. Nadie se fijó realmente en nosotros. La chica nos preguntó que dónde se quedaría ella y le expliqué que se venía con nosotros. Bajé del barco y até el cabo al muelle. Les pedí que bajasen. Los acompañé hasta el ayuntamiento, estaba muy cerca, no hizo falta coger el coche. Me detenía silencioso en cada esquina por miedo a que apareciese la policía. Eran las tres de la mañana y a esa hora suele haber poca gente. Siempre y cuando no sea sábado por la noche, como era el caso. De vez en cuando, pequeños grupos de jóvenes que salían o se dirigían a algún local. Intenté evitarlos todo lo que pude hasta que nos plantamos en la puerta del ayuntamiento. Las calles empedradas que nos llevaron hasta el edificio eran pequeños retazos de un mundo que había cernido sobre mí el camino que me llevó hasta aquél preciso momento. Estaba claro que las casualidades sólo son fruto de los pasos que damos. Circunstancia atenuada porque en la mayoría de los casos no sabemos los pasos que dimos hasta llegar a ese punto.

Abrí la puerta del ayuntamiento y nos metimos. El francés me instó a dejarlos fuera de la habitación de los ordenadores, ya que había una cámara. Si realmente todo estaba bien, serían incluso más fácil que buscasen algo, cuando viesen en las cintas a dos personas conmigo a las tres de la mañana. Tal vez yo pudiese explicar que tenía insomnio porque me había dado cuenta en mi casa de que cometí un fallo y quería solucionarlo. En el caso de que viesen la cinta, claro.

Se quedaron en la habitación que daba a los ordenadores. Dejé la puerta entreabierta para verlos bien. Estaba vez no los até porque estaban realmente a escasos dos metros de mí. Encendí el ordenador principal sin quitarles la vista de encima hasta que accedí al programa. Momento en el que los dos comenzaron a correr. Me levanté lo más rápido que pude y salí tras ellos. No me dio tiempo a comprobar si estaba el dinero. A la chica la cogí rápidamente porque corría menos, pero a Jean le dio tiempo a salir a la calle y corrió hasta una zona bastante poblada de gente donde podría pedir ayuda si quisiese. Volví porque además de dejarme la puerta abierta, la chica estaba tirada en el suelo debido al fuerte golpe que le había dado. Cuando llegué hasta la entrada, donde le di caza, todavía seguía retorciéndose tocándose la cabeza. La levanté rápidamente y la llevé conmigo hasta el ordenador. No la até porque ya sabía lo que le ocurriría si intentaba escapar. Me senté sudoroso delante del ordenador. Las manos me temblaban y me costó concentrarme para dar con el archivo de las cuentas en las que tendría que estar el dinero… ¡Nada! No había nada. Salí de la habitación y le pregunté a la chica: "Si lo vi con mis propios ojos". Me explicó que lo que yo había visto era como hacía una transferencia de una cuenta a otra, pero que nunca se había llegado a completar. Cada vez que *Chance* había hecho una, le había salido unas frases en alemán, en la que realmente ponía que si no introducía la clave de operaciones no se llegarían a completar la transacción. Todo el que tenía una cuenta en Suiza la poseía, era lo común. Pero claro, cómo iba a decirme nada. Por eso se habían tirado todo el rato hablando mientras las hacía y cerraba la cuenta rápidamente para hacer lo mismo con las otras. Ella sabía alemán y le bastó una mirada al francés para saber lo que estaba sucediendo. Lo sentía por mí, al principio no supo si era un loco y si todo aquello era verdad. Había tratado de proteger a Jean. Me enfurecí tanto que comencé a dar golpes a las paredes y a tirar todo lo que veía encima de las mesas. La chica se asustó y comenzó a cubrirse la cabeza pesando que también la emprendería a golpes con ella. Fue cuando la vi allí tirada, echa un ovillo, en postura fetal, amedrentada y temblorosa cuando decidí que ya había ido demasiado lejos. Mis horas estaban contadas. Había robado dinero, agredido a dos buenos hombres, secuestrado a una chica... Le pedí que se levantase del suelo y me excusé por todo lo sucedido diciéndole que no tuviese miedo. La solté al segundo, abrí la puerta del ayuntamiento y le pedí que corriese a pedir ayuda. Por un momento me miró sin creerlo. Sabía que en cualquier otra ocasión o si no le hubiese pegado, incluso me hubiese ayudado a salir de aquella situación. Corrió sin mirar atrás perdiéndose por las calles.

Calculé que me quedaba una hora de libertad hasta que la policía me pillase. Pensé en entregarme, ya que sería imposible que aquel bastardo me entregase el dinero. Aunque si yo caía él también lo haría conmigo. Comencé a correr por las calles aledañas sin verlo. Fui hasta su coche y no estaba. ¿Dónde habría ido? Ahora podía descartar la idea de que fuese al puerto porque estaba demasiado cerca como para coger el coche. Había dos posibilidades, que hubiese vuelto a su casa a coger algo o que se hubiese ido al aeropuerto a coger el primer avión de por la mañana, que comenzaban a las 8.30. Todavía tenía tiempo para ir al aeropuerto, así que fui a su casa por si acaso.

En cuanto la chica diese la voz de alarma, media isla vendría tras de mí. Hay un momento en el que nada ni nadie puede salvarnos, cuando sientes que la avalancha de acontecimientos es tan grande que se cierne sobre ti una consecuencia fatal sin que puedas evitar nada.

En la puerta de su casa, mirando fijamente el cartel que mantenía la esencia de un lugar que en realidad nunca la tuvo. Lo único que había mantenido aquel instante en el que todo es magia y suerte era fruto de cada cual. Los sueños que anidaban en lo más profundo de mi interior eran tan inmensos y profundos que cuando estallaron ni yo mismo sabía de dónde venía la lava del aquél volcán. De dónde había surgido tanta ambición. El miedo por ser uno más de los millones de humanos que no dejan huella. Bueno, quizás la de sus sentimientos, la de ser bueno y que los demás te quieran. Aunque yo tampoco era especialmente bueno ni una persona honesta.

Me senté en el suelo. Las lucen del coche encendían la casa en la noche. Escuché atento cualquier sonido que produjese la casa. Me levanté derrotado. Abrí la madera blanca y calculé cuanta gente habría entrado en la casa, nada. Todo estaba tranquilo. Podría tener cualquier escondite. Era absurdo buscarlo allí. Volví a salir y me senté de nuevo en el suelo. Miré el cielo estrellado buscando una razón que me explicase algo de la vida. Divisé los astros que forman algunas constelaciones, incluso vi un par de estrellas fugaces. Pedí un par de deseos, ya no creía en la suerte, pero nunca se sabe. Total, ya había perdido toda esperanza. Qué daño podía hacerme. Supe al instante que ahora necesitaba lo que llaman suerte, algún hecho inexplicable sin sentido que me favoreciese.

Capítulo 21

El coche volaba por las pequeñas carreteras isleñas. Eduardo rugía de rabia interna y se dirigía hacia el puerto para coger el barco y huir. Decidió que prefería ser un fugitivo en libertad, que un preso en cautiverio por cumplir con la sociedad.

Jean trazaba el plan perfecto para escapar. Ya tenía el dinero y discutía con la chica de la administración cómo salir de la isla, se había inventado que nunca se fue de allí. Le contó que había salido a alta mar para despistarlos, pero que había vuelto a por ella.

La novia del francés de la isla contigua golpeaba con intensidad la puerta de las dependencias policiales. Crecía su rabia. Ahora no sabía si denunciar a Jean también. Sabía que había muchas cosas que iban más allá de lo que podía controlar. El policía que dormitaba en la garita de la guarda civil se despertó y abrió la puerta, cuando clavó sus ojos en la perilla del hombre y luego en sus ojos, pasaron unos segundos en los que decidió que la humanidad estaría mejor sin aquel ser desdeñable.

Nadie me ha visto. Sólo tengo que coger el barco e irme, me niego a pagar por esto, total, a quien hemos robado realmente es a la administración. Me sabe mal, aunque ya no tiene remedio. Tengo gasolina para varias horas, llegaré hasta la costa marroquí y allí veré cómo me las arreglo.

Llegué hasta el barco sin problemas, el puerto estaba desierto. El tiempo se detuvo: miré por última vez el destello de la ciudad. Había sido la vida que había venido buscando y la que dejaba como un fugitivo, después de haberlo echado todo a perder.

Solté amarras y tendí mi mirada hacia el mar oscuro. Ahora tendría que guiarme por mi intuición. El mapa era extraño, descifré como pude hacia dónde tendría que dirigirme. Cuando salía del puerto, recuerdo que pensé como la palabra suerte me hería dentro.

El hombre ha creado, a lo largo de la historia, numerosas ideas que bendicen la existencia con grandes oportunidades. Una de ellas era la lotería: crear sueños e ilusiones a quienes no pueden tenerlos. Pero hay hombres que siempre se aprovechan de los sueños y las ilusiones de los demás, es en ese momento en el que la idea se torna mala y dañina. Aquellos juegos de azar, por los que ahora tenía que huir, me habían hecho uno de aquellos hombres que juega con el juego, con los delirios imposibles de cualquier humano normal, como yo.

En mitad del mar es difícil orientarse. La noche se volvió densa y las nubes taparon la luna. Eduardo no sabía orientarse por las estrellas. El mapa y la brújula parecían problemas imposibles para los que necesitase a un experto. Se había convertido en capitán de un barco pirata. Sin destino seguro y prófugo por destino, era un camino sin testigos directos y espías invisibles entre radares imaginarios y policías persiguiéndolo en mitad de la noche. Pero nadie sabía todavía que había huido. Ni tampoco iban a mandar a un helicóptero o una embarcación a buscarlo. Sería más fácil detectarlo a través de otros barcos.

La gasolina le duraría unas dos horas. La costa marroquí estaba a cuatro. Así que al rato, mientras el timón se bamboleaba al ritmo de las indecisiones sobre la dirección, Eduardo se quedó sin gasolina.

¿Qué hago ahora? Sólo me queda esperar a que vengan a por mí. Habrán avisado a la guardia costera. Aquella gente era muy importante. Siempre se aceleran las cosas cuando hay dinero y poder de por medio. No se oye nada. Cuando el motor se apagó sabía que aquello había terminado.

Descubrí el dolor del silencio. En mitad del mar. Cuando nada hace ruido. El sonido se vuelve extraño. El silencio puede ser tan intenso como el ruido más estremecedor. A la media hora de intentar arrancar el motor de nuevo empecé a sentirlo. Intenté escuchar algo. El ruido era nada. La misma nada en la que estaba y que no me daba señales de referencia. Miré hacia atrás y todavía veía el destello de las islas. Habría navegado unos 50 kilómetros. La luz de los islotes era suave. Aunque la de la costa marroquí era imperceptible. Al momento empecé a sentir un dolor interno. El ruido del silencio comenzó a meterse en mis oídos. Me hacía daño, me arrodillé y puse las manos en mis orejas, dolía como el frío, mataba más allá del miedo. A lo que más se puede temer es a lo desconocido, a lo que no ves, a lo que no sientes, a lo que aparece sin forma ni imagen posible.

Así permanecí un rato, no sé cuánto tiempo. Creo que me desmayé. Lo último que recuerdo es una estrella fugaz a la que le pedí que mi vida empezase en el momento en el que había perdido el control. Creí que tal vez las corrientes me llevasen hasta una costa. Serían las corrientes las que me arrastrasen hasta alguna parte, ya que ni siquiera tenía una vela o unos remos a los que subsidiarme. Sabía que las patrulleras de la Guardia Civil me encontrarían. Mucha gente tenía que estar buscándome.

Vi una luz a lo lejos, sentí miedo creyendo que sería la policía. Dejé de sentir, el miedo a la muerte era tan grande que perpetué mis instintos en los burdeles de la inconsciencia.

Capítulo 22

-Allí hay un barco. Vamos directos hacia él. Toca la bocina, será un pescador. Como no se aparte lo arrollamos.

-Capitán, ya he tocado la bocina un par de veces, puede que sea el barco de un particular que esté pasando la noche en mitad del mar. Podemos girar y bordearlo.

-Sí, aunque un barco en mitad de la noche que no escucha nuestra bocina es un poco extraño: pasemos cerca y veamos de qué se trata.

-Capitán, podríamos causarle una onda peligrosa.

-Lo que es peligroso es quedarse en mitad del mar sin contestar a ninguna señal. Si fuese un pescador habría lanzado alguna señal luminosa o acústica. No pasa nada por asegurarnos de que no tienen ningún problema.

-Giraremos por la izquierda, a unos 50 metros.

-Está bien, con los prismáticos veremos de qué se trata.

Lo sabía, en mitad de la noche es difícil que nadie pase por alto una sirena tan fuerte. Sólo podía tratarse de una embarcación de ilegales, de droga o alguien con problemas.

Estaba tirado en la cubierta, dije a mis hombres que bajasen hasta él y viesen si había alguien más. Lo subieron enseguida. Estaba desmallado, aunque parecía estar bien, quizás cansado o extenuado. Después de 20 años en la mar había visto de todo. Seguramente sería un particular intentado navegar más allá de sus posibilidades. Su barco sería recuperado sin problemas a los pocos días, pero había que ver si necesitaba algo.

-Giremos hacia estribor. El mar está en calma, aún así disminuiremos la velocidad para que las ondas no le hagan volcar.

-Coge los prismáticos y vete a fuera a ver si consigues ver algo.

-Ahora mismo capitán.

Eduardo yacía en la pequeña embarcación extenuado. Había caído en un estado de catalepsia, agravada por el frío de alta mar. Los focos no hacían mella en él. Lanzaron una escala y el médico del barco bajó a comprobar su estado. Al ver que sus constantes eran normales, dos fornidos marineros lo montaron en una camilla que izaron hasta la cubierta del carguero. Lo llevaron a un camarote para que el doctor pudiese hacer un reconocimiento más profundo. Al tiempo que el capitán decidía remolcar la pequeña embarcación ya que se dirigían a puerto. Justo cuando iba a llamar a los guardacostas para dar parte del hallazgo, el médico apareció en el puesto de mandos para comunicar que Eduardo se había despertado. El capitán, llamado Julián, fue directo al camarote para hablar con él directamente.

El barco era de bandera española. El capitán era un simpático gallego de 58 años con barba y pelo canos. Gafas cuadradas en las que sus dos ojos dibujaban temporales y tiempos muertos. Años navegando y milenios soñando con llegar a puerto junto a los suyos. Aunque el mar era su otra mujer. La quería y la odiaba. Le daba mucho, aunque le robaba de su familia: tres hijos y una mujer que sabía que tenía un marido en algún recóndito punto a partir de la Costa da Morte hacia el océano. Tanto él como ella habían sufrido mucho, el sol y el salitre les habían arañado su cara con profundas arrugas más allá de sus corazones. Lo mismo que en las caras de la mitad de la tripulación.

El carguero Esperanza era un conglomerado de nacionalidades, a pesar de ser español. Pocos hombres resisten vivir en las entrañas de la mar, lejos de todo. Una vez que tenían familia intentaban trabajar en embarcaciones que pasaban menos tiempo en alta mar. Siempre y cuando no necesitasen tanto el dinero como la mayoría de los que trabajan en el barco de Julián.

-¿Dónde estoy?

-Tranquilo hombre. Soy Julián, el capitán del carguero que te ha recogido.

-¿Qué hora es?

-Son las seis y media de la mañana.

-¿Y el barco?

-Lo estamos remolcando.

-¿Hacia dónde vamos?

-A Portugal, tenemos que desembarcar unos contenedores. Luego iremos a Galicia.

-¿Han avisado a alguien?

-Iba a hacerlo cuando me dijeron que te habías despertado. ¿De dónde vienes y que estabas haciendo?

-Salí a navegar por la noche desde *La Isla del Maíz.* Soy un novato y supongo que la noche pudo conmigo. Me quedé sin gasolina y los nervios me hicieron perder el control. Recuerdo un ruido intenso, el de la noche…

-No pasa nada, descansa un poco. ¿Quieres que avisemos de que estás bien?

-¡No!

-¿Y el barco?

-Es mío… Es que nadie me conoce allí. No hay problema.

-Como quieras, pero tengo que dar parte a las autoridades.

-¿Es necesario?

-Sí.

-¿Podría hacer la vista gorda? Lo cierto es que intentaba escapar de un lío muy largo de explicar.

-Lo siento. No puedo hacer nada… Ya tendrás tiempo de arreglar las cosas. No me pidas que sea cómplice de nada.

-De acuerdo.

Llamé a la policía y me explicaron que había estafado un enorme capital al Ayuntamiento de la isla y que era muy violento. También lo acusaban de haber agredido a una gente muy importante. Esto último me importó poco, estaba harto de burócratas importantes y de vez en cuando estaba bien que alguien les asustase un poco para que apreciasen lo que tenían. De todos modos tenía que andarme con cuidado. Sería mejor advertir a la tripulación de nuestro nuevo pasajero. Aunque cuando encuentras a un hombre en mitad del mar desmayado en una pequeña embarcación con un traje que le queda pequeño, es fácil adivinar que algo no encaja.

Me dijeron que la policía portuaria portuguesa se haría cargo de él, nada más llegar a tierra. Aunque no accedí a encerrarlo hasta llegar. No había muchas formas de escapar de allí. Decidí contarle que no había dado parte para que estuviese tranquilo.

Le pregunté al capitán cuándo llegaríamos a puerto. Me contestó que por la noche de aquel día, sobre las dos de la madrugada. Me volví al camarote e intenté dormir un par de horas. Al despertarme eran las dos de la tarde. Me puse una ropa que me habían dejado, supongo que ir en traje de chaqueta por el barco podía causar todavía más extrañeza a la tripulación. Salí del habitáculo y un marinero me espetó que fuese al comedor a tomar algo. Me acompañó por unas pequeñas escaleras entre plantas hasta llegar a un gran salón. Había unos 30 hombres comiendo. Eché un vistazo pero el capitán no estaba. Otro hombre me explicó que tenía que pasarme por la cocina para que me diesen un plato. Había puré con albóndigas, olía bien. Incluso mojaban el pan en la amarillenta salsa en la que estaba bañado el plato. Entré por una habitación contigua sin puertas y el amable cocinero me sirvió un abundante plato de comida. Me dio un vaso de agua y me dijo que las jaras, y el pan, estaban en la mesa. El postre: natillas de vainilla.

Volví al comedor y me senté en una mesa con otros hombres. No había ninguna mujer. Hablaban en español, aunque algunos también lo hacían en inglés. Había marineros de todas las nacionalidades, había menos españoles que africanos o suramericanos.

Junto a mí había dos argentinos y un nigeriano. No indagué cómo habían llegado hasta allí ni cómo se habían enrolado en un barco de bandera española. Fueron muy amables y me preguntaron por mi salud. Les conté que sólo había sido un ataque de pánico, incrementado por las bajas temperaturas. Al explicarles la sensación de dolor por el silencio me dijeron que era difícil sentir eso aquí, ya que el barco siempre estaba en movimiento y los motores hacían un ruido muy peculiar. Aunque uno de los argentinos me dijo que él había sentido aquello. Antes de enrolarse en el carguero pasó muchos años pescando en un pequeño bote de vela en su ciudad y me dijo que era normal. La primera vez podía ocurrir eso. Él había tenido suerte porque cuando le pasó estaba junto a su tío, me explicó que el silencio intenso también puede hacer ruido. Y que como nadie está acostumbrado a no escuchar nada es extraño cuando sucede. Además, me descubrió que aquel sonido tenía un nombre: "La voz del cielo". También podía escucharse en otros sitios, siempre y cuando el hombre se pusiese de acuerdo con la tierra para que los dos estuviesen tan callados que el universo pudiese hablarnos. Entre risas me aseguró que no creía en la explicación de su tío, pero que él también había escuchado algo. Aunque nunca llegó a saber qué era aquel ruido que provenía del silencio. Lo que sí pudo asegurarme es que la angustia que sintió durante unos segundos la había recordado siempre.

Pasé por alto mi aventura y la huída, sólo aseveré que lo mío no era la mar. Hasta que el chico nigeriano me preguntó qué hacía navegando en aquellas aguas. Dudé unos instantes porque sabía que de todos modos ya lo tenía todo perdido, contesté al segundo que estaba de vacaciones, aunque sé que no sonó muy convincente.

Sus días eran exactamente iguales. Hacían siempre lo mismo, no había mucho donde elegir en el barco. Cada cual tenía su tarea y sus horas muertas las dedicaban a leer, ver la televisión o escuchar la radio. Había quien hacía deporte corriendo por la cubierta. Llegué a la conclusión de que aquello era peor que vivir en una isla, era incluso más claustrofóbico.

Al terminar de comer recogimos los platos y los llevamos a la cocina donde los metimos en el friega-platos. Nos servimos unos cafés y volvimos a la mesa. Antes de darme cuenta ya habían sacado uno papeles con números apuntados. Uno de los más jóvenes trajo un par de hojas y comenzó a cantar unos números, precedidos de la explicación de a qué lotería correspondía. Estaba alucinando. En mitad del mar también se jugaba a la lotería. Incluso el chico nigeriano tenía un papel con unos números garabateados. Resultó que no podían comprar lotería en ninguna parte. Alguien, en la península, les jugaba esos números. En la mayoría de los casos eran sus mujeres, novias o amigos.

-Nos da esperanza. Incluso el capitán juega. Él es el primero en ver lo números. Aquel marinero siempre pasa por su camarote o el puente antes de venir aquí.

-¿No os da pena gastaros el sueldo así?

-Pues claro que sí. La diferencia es que esos céntimos diarios nos hacen ser capaces de seguir hacia delante.-me contestó uno de los argentinos.

Otro me lanzó:

-No es fácil vivir aquí. Vivir así es complicado. Pasamos más tiempo en el mar que con nuestras familias y amigos. La verdad es que más bien esto es nuestra familia. Conozco mejor al capitán que a mis hijos, es por ellos que sigo aquí. Sin el dinero que gano no podrían estudiar y hacerse buenos hombres, mejores que yo. Mi mujer es la que los está criando. Siempre le prometo que lo dejaré cuando encuentre otro trabajo que ni tengo tiempo de buscar. Te parecerá sencillo. No sé a qué te dedicas. Pero mi vida no es sencilla. Como la de todos los que estamos aquí. Mira, mi amigo Carlos también tiene mujer y tres criaturas a las que alimentar. Su familia vive todavía en Argentina y se los quiere llevar para Galicia. Y en cuanto le den los dichosos papeles se los lleva. Para lo que tendrá que tener muchos euros ahorrados. Por no hablar de Abuma, como le llamamos nosotros por lo complicado que es su nombre. Este hombre de Dios tiene que alimentar a su familia en Nigeria y a otros cuantos amigos que tiene en Galicia. Como comprenderás, la situación no es la mejor. Supongo que ahora verás que si nos gastamos un euro todos los días en lotería es por nuestro bien. Nos hace pensar que esto no será para siempre y soportar otro día más, con la esperanza de que todo cambie de golpe. Porque hoy por hoy difícilmente podríamos hacer nada. Nuestros familiares

143

compran unos números todos los días, casi siempre los mismos, para que sepamos cuáles son.

-¿Y no has pensado que tal vez te toque un día y ellos no hayan jugado el número?

-¡Nunca! Los que viajamos en el *Esperanza* nos jugamos algo más que dinero. Estamos apostando por cambiar de vida, por disfrutarla junto a los que nos quieren, y ellos lo saben. No hay ni un solo día que mi mujer no haya jugado nuestros números.

-¿Vuestros números? ¿Los tenéis por alguna razón especial?

-Son las fechas en las que nacieron nuestros hijos. Aquí cada cual tiene sus números. Todos tenemos nuestras razones para pensar que nos traen suerte.

El nigeriano alzó la voz mirándome a los ojos fijamente:

-Mis números de la suerte me los dio un hechicero. Un día me dijo que siempre tuviese en cuenta que en luna llena es cuando el universo de cerca tiene más presión sobre la tierra. Incluso plantamos en esos días. Por eso sé que mis amigos siempre juegan los días del mes pasado en los que la luna estuvo lleva. Yo también los apunto para saberlos. Aunque no se puede abusar de la tierra y el universo, por eso sólo lo hacemos cada primer y último día del año. Los demás meses saben que tienen que apostar por unos números que en realidad fueron días que marcaron mi vida. Uno de ellos fue el día que me fui de mi casa para buscar una vida mejor. El otro fue el día que uno de mis hermanos murió porque no tenía comida. Otro fue el día que mi padre consiguió su primer trabajo para dar de comer a su familia… ¿Tú no tienes días especiales que nunca olvidarás?

-Antes tenía alguno. Ahora prefiero creer que la suerte no existe, como siempre he pensado. Me he dado cuenta de que el azar me pervierte. Me hace ser una persona a la que odio.

144

La mesa se hizo un silencio y nadie volvió a preguntarme nada. Al rato, cuando comprobaron que no les había tocado, se despidieron. Aunque hubo a quien le tocó el reintegro, suficiente para que todos siguiesen obstinados en su idea de que algún día les llegaría su momento.

Volví a mi camarote en donde no había nada en lo que pensar. Nada con lo que soñar y demasiado en lo que divagar. Un océano que se iba haciendo puerto. Un final que cada vez era más cierto. Una circunstancia del destino y un destello sin luz de espera. Como la que nos anunciaría nuestra llegada a Portugal desde el Faro de Trafalgar. Incluso kilómetros antes de avistar tierra, el destello ya había alcanzado al prófugo mar.

Eduardo se sentó en su cama. Pensó en que al llegar a puerto la policía lo estaría esperando. Había sobrevivido al mar, aunque no sabía si lo haría a la cárcel. Sus pensamientos yacían en un habitáculo igual de grande que una celda. El capitán había preguntado a sus hombres de qué habían hablado con el desconocido. La policía lo había vuelto a llamar para asegurarse de que seguía en la embarcación, recordándole que era un fugitivo muy peligroso. Él lo dudaba, aunque no podía arriesgar su futuro por ocultar a un desconocido.

Quedaba una hora para arribar a puerto cuando el capitán decidió que no sería él quien entregase ese pescado a las autoridades. Fue hasta el camarote de Eduardo, en donde lo encontró resignado ante su captura. Le entregó los efectos personales que le habían cogido cuando lo recogieron del barco y le comentó que tal vez alguien lo estuviese esperando en puerto. Le explicó la forma en la que podría salir del carguero sin ser visto y hacia dónde tenía que dirigirse.

Capítulo 23

Me fui con el capitán hasta el puente del barco donde me explicó que no sabía por qué me buscaban, pero intuía que no era por asesinato. Le expliqué durante un buen rato lo que me había sucedido. Se merecía eso como mínimo.

Entre mis pertenencias tenía el boleto de lotería que el francés nos había dado como ganador. El capitán lo miró mientras lo sacaba y me dijo que era una pena que no nos hubiese tocado.

-¿Comprobaste el número de todos modos? Nunca se sabe. Podría haberte tocado. A ver, deja que lo mire. No me suena, pero por quedarte tranquilo. Ah, si también tienes el resto de las columnas rellenas…

El boleto estaba plegado de tal forma que sólo se vía la columna que pensaban que era la ganadora, así fue como lo entregaron en el banco.

-Como quieras… Ten, pero es una pérdida de tiempo. Es imposible que tenga nada.

-¡A ver niño! (llamando a un muchacho que había en el puente). Coge el boleto y comprueba si lleva algo.

El chico tardó un rato en llegar. Nada más entrar en el puente comenzó a gritar: "¡Tiene premio capitán, tiene premio y de los gordos!". Se me cambió la cara, igual que al capitán. Sería una broma, era imposible. Mi cara se volvió un amasijo de dientes que no hacían más que traslucir felicidad. Corrí hacia él y le pregunté que de cuánto era el premio. A lo que no supo responder exactamente, tan sólo que tenían que ser más de unos 95 millones de las antiguas pesetas. Miré de nuevo al capitán sin saber qué decir… Me dio un abrazo y me dijo que ahora podía elegir entre saldar mi deuda o escapar con el dinero. Aunque era probable que en cuanto cobrase el premio fuesen a por mí y me embargasen la cantidad que me había tocado. Por lo que se ve, el premio iba escondido en la última columna, con un cinco.

Con todo el alboroto se me olvidó que estábamos llegando a puerto. El capitán me había dado una serie de instrucciones. Cuando llegase la policía tenía que dejar que subiesen al barco. Aunque seguramente alguno se quedaría a esperarme a la salida. Mientras ellos subían a buscarme a mi camarote, hasta que viesen que no estaba allí, tenía un lapso de tiempo para llegar hasta la parte delantera del barco. Habían puesto una especie de pequeña escala por la que podría bajar. Con muchos riesgos, ya que la altura era considerable. Además de que la escala era de cuerda y se movería constantemente en mi descenso. Siempre teniendo en cuenta que si me veían los policías que estaban abajo todo habría acabado para mí. La verdad es que creo que la mitad de la tripulación era ilegal, así que ya estaban acostumbrados a ese tipo de situaciones. Nunca sabré que hizo que aquel buen hombre me ayudase. Tenía tanto miedo que ni le pregunté.

El viejo al que un día, supuestamente le había tocado la lotería en Zamora, y engaño a Eduardo, era uno de los tripulantes del barco. Nada más entrar en el comedor se fijó en él, pero se escondió tras varios compañeros sin decir nada. Se acordaba perfectamente de él, de la cara que puso cuando le contó que le había tocado la lotería, cosa que era cierta, de cuando en la misma cola del banco, cuando se dio cuenta de que no lo conocía de nada y que no iba a compartir su premio. Se fue del banco y lo dejó allí tirado sin plantearse nada. Pocos días después, aquel hombre lo perdía todo al enterarse de que el empleado del banco se había llevado todo su dinero. El hombre vio que aquel viejo no era muy avispado y decidió

147

llevarse su fortuna diciéndose a sí mismo que si hasta ahora había podido vivir sin nada podría seguir igual. Después de muchas vueltas, terminó en aquel barco. Fue él quien convenció al capitán para dejarlo escapar, como una especie de última deuda para mitigar el arrepentimiento. El capitán había confiado mucho en aquel viejo porque llevaba mucho tiempo en el barco. Su forma de entender la vida le hizo preguntarle el porqué, el viejo dijo que era una deuda pendiente y un favor a un desconocido al que en un momento dado de su vida le quiso hacer un favor y no pudo.

Estaba preparado para bajar. Vi perfectamente el coche de la policía, aparcado frente al lugar en el que pondrían la escalera desde el barco al muelle. Iban de paisano, eso lo sabía porque me lo había dicho el capitán, para no levantar sospechas por si los veía desde alguna ventana del camarote.

Yo estaba parapetado en la cubierta del barco detrás de una barcaza. El puerto estaba muy iluminado. Quizás me viesen, pero era mi única oportunidad. Antes de que los motores dejasen de rugir ya estaba colgado en la pequeña escalera de cuerda. Al subirme y ver desde arriba los 40 metros que me alejaban del suelo comencé a temblar. Bajaría a una parte que daba al muelle. Una ráfaga de viento empezó a azotar mis fuerzas y por un momento creí que caería al vacío y todo terminaría. Durante unos segundos contemplé el paisaje portuario en el que las grúas trabajaban incansables y los contenedores daban un toque de color al cemento armado que componía el espacio gris. Los barcos inundaban los amarres, tanto grandes como pequeños. El fluir de personas y coches no era muy grande, ya que eran las tres de la mañana. La oscuridad también me estaba dando un pequeño respiro. Casi sin darme cuenta solté una mano para volver a cerciorarme de que el billete de lotería iba en mi bolsillo y no lo había perdido. Tras lo que volví a esbozar un atisbo de felicidad pasajera, al tiempo que continuaba mi descenso. Cuando iba por la mitad me fijé en que dos policías habían entrado en el barco y otros dos se habían quedado en la salida. Volví a mirar hacia el suelo y pensé que cuando estuviese cerca tendría que saltar, la escala caía directamente al agua. Me di prisa. Los policías de la salida no parecían mirar hacia donde yo estaba, fumaban tranquilamente.

Al llegar a la altura del muelle intenté balancearme empujándome con las piernas sobre el casco de la embarcación. Cuando creí que ya tenía suficiente velocidad y fuerza me dejé caer, calculando que la línea recta que trazaría hasta el suelo en el momento de soltarme de la escala me haría aterrizar en el muelle. Y así fue, lo que no había calculado del todo bien era la altura desde la que bajé tan rápido como una piedra. Cuando quise darme cuenta volaba desde una altura de unos cuatro metros que me hicieron casi llorar de dolor al destrozarme con el asfalto. Tardé unos segundos en reaccionar. Me levanté rápido, sin olvidar que la policía debía estar buscándome. Sobre todo cuando se diesen cuenta de que ya no estaba en mi camarote. Me escondí entre dos contenedores y vi salir a los dos policías agitando sus brazos al aire, tras lo que se dividieron para buscarme. Observé como uno de ellos, el jefe, se metía en el coche, seguramente, para pedir refuerzo. Me giré y visualicé la salida más oscura y menos sospechosa por entre los contenedores. No me corté y corrí lo más rápido que pude. Una vez que saliese del puerto sería más fácil esconderme o pasar desapercibido. Necesitaba llegar hasta un banco, en cuanto amaneciese, para poder cobrar el premio. Luego me entregaría diciendo que podía pagar la suma que había extraído. Tal vez eso aliviase mi situación de alguna forma.

149

Además, sabía que yo sería el único que resolvería la situación.
Ni el francés ni el isleño iban a hacer nada.

Capítulo 24

Corrí entre los contenedores hasta llegar a una zona más despejada en la que había multitud de barcos atracados sin aparente movimiento. El puerto era enorme, allí no había nada en lo que parapetarme de las miradas ajenas. La única posibilidad era andar como si nada, llegar hasta una de las vayas que rodeaban el recinto y saltar. En todos los puertos, además de los agentes que me buscaban, hay una policía portuaria que ya estaría sobre aviso. El largo muelle al que llegué se hacía interminable, mi respiración jadeante se entrecortaba entre las briznas de aire que acariciaban mi cara. Mi paso decidido y acelerado me llevó pronto hasta el final sin atisbo de mis perseguidores. Observé que la alambrada se entremezclaba con partes de muro. Tenía dos direcciones: hacia la izquierda o hacia la derecha. Tomé la de la derecha porque estaba más oscura y disimularía más mi presencia. Me pegué al muro y anduve con paso nervioso unos 100 metros hasta llegar a una pila de maderas amontonadas desde las que podía intentar saltar. Cuando ya me había encaramado al muro y calculaba el salto vi la luz de un coche de la policía que acababa de entrar en la calle, se dirigía hacia mi posición. Salté de inmediato sin dilación. Caí en una calle por donde no pasaba nadie. Parecía que el puerto estaba enclavado en medio de la ciudad. Realmente no sabía si era el famoso puerto de Lisboa. Ya que de ser así, estaría adentrándome en la ciudad. Lo único que era seguro es que aquello parecía un gran núcleo urbano y me colé sin dilación entre los edificios. Aunque lo más probables es que fuese la misma Lisboa. El capitán del barco me dijo que era allí donde llegaríamos, lo que me hacía dudar es si el puerto estaba en la misma capital o en otro punto cercano, nunca había visto Lisboa.

Los edificios eran casas bajas entre miles de calles. Alcé la mirada y un cartel anunciaba la llegaba a Lisboa de un gran circo. Un poco más adelante leí el nombre de un cine con el nombre de la ciudad y otros tantos indicativos que me hicieron creer que sí que se trataba de la capital. Mi prioridad era buscar un autobús, un medio de trasporte simple y barato en el que llegar a Madrid. El capitán me había dado 50 euros, con los que tenía que tener suficiente para el autobús. Aunque todavía tenía en mi cartera alguna tarjeta. Supuse que en el momento en el que sacase dinero del banco sabrían dónde me encontraba. Por lo que intentaría utilizar también los 20 euros que yo tenía para liquidar la cantidad del billete, sin hacer uso del cajero automático.

Le pregunté a un hombre por la estación de autobuses y me sorprendió lo fácil que había sido que me entendiese y yo a él, siendo dos idiomas distintos. Me explicó que estaba lejos, que tendría que andar unos 40 minutos… A estas alturas no suponía nada.

La ciudad era preciosa, sobre todo las casa viejas. Las calles empedradas y los bares, que aún cerrados, imaginaba rebosantes de viva en horas más normales. Lejos, en una de las grandes avenidas, había un enorme palacio, me sedujo. Sus luces grapaban las sombras de las cornisas y las ventanas en sus justos lugares. Tenía tres plantas y grandes columnas presidiendo la entraba, franqueada también por dos grandes leones de piedra. Sus paredes de mármol relucían impolutas entre los edificios oscuros y grises que le rodeaban. Tenía que ser un edificio del gobierno o un museo. No acerté a leer el nombre que dormía en el friso de la entrada y seguí mi camino. El tiempo apremiaba, aunque había sido uno de los pocos momentos desde hacía unos días hacia atrás en los que por unos segundos olvidé mi situación.

Intenté llegar por mis propios medios con la primera indicación que me habían dado. Después de una hora tuve que volver a preguntar en una gasolinera que había abierta. El hombre estaba parapetado detrás de su cristal antibalas, dificultando todavía más la comprensión, ya que su voz salía por un pequeño altavoz adosado al cristal. Su voz electrónica me detuvo durante cinco minutos en los que no dejé de mirar a todos lados por si aparecía la policía. Al final, terminé por enterarme de que tenía que andar durante otros diez minutos en dirección contraria. Me la debía haber pasado sin darme cuenta. Tras otro vistazo en todas direcciones, mis sentidos alcanzaron a pensar y volví a lanzarme al asfalto. Estaba cerca, era en aquel barrio y más tarde o más temprano la encontraría.

El edificio parecía tranquilo. Había tardado más de lo previsto en encontrar la estación de autobuses, pero ya estaba allí. Me dirigí hacia una ventanilla abierta y pregunté por los horarios hacia Madrid y el precio. Me dijeron que 35 euros. Los pagué y me senté. El autobús saldría en una hora y cuarto. Tiempo suficiente para descansar un poco. Fui al servicio de la estación, durante el pequeño trayecto me encontré toda clase de gente esperando en los bancos. Desde estudiantes africanos a familias. Todos me miraban al pasar, igual que yo a ellos. En cuanto llegué al servicio, que estaba totalmente encharcado, me lavé la cara. Bebí agua, estaba sediento. Pensé que lo mejor sería esperar por los alrededores de la estación para ver si algún coche de la policía se acercaba.

Salí de la estación y me senté en un banco de madera bajo un enorme árbol. Estuve atemorizado durante minutos. Cada punto de luz azul en mitad de la calle parecía ser un coche de policías, hasta que incluso pasó uno sin prestarme la más mínima atención. Aunque tampoco me dio mucho tiempo a reaccionar, de repente salió de una esquina. Sólo pude milimetrar lo que sería mi carrera y hacia dónde dirigiría mis pasos. El coche se fue acercando lentamente. Por supuesto, uno de los policías me miró, nada más. No noté que el coche ralentizase su velocidad ni hiciese ninguna maniobra extraña. Una vez que pasaron de largo llegué a la conclusión que en una gran ciudad como ésa no debía ser al único al que buscasen y sería difícil que llevasen un retrato robot de todos los delincuentes huidos de la justicia o incluso que aún habiendo visto mi foto llegasen a recordarme. Además, tampoco era tan importante como para poner sobre aviso a todos los cuerpos de seguridad. Pero la obsesión sicótica de estar huyendo era más fuerte que la pura lógica y rápidamente volví a pensar en que todavía tenía que tener cuidado. Suerte que el jersey azul y los pantalones marrones, junto a unos viejos zapatos negros, eran lo suficientemente discretos como para no llamar la atención.

El reloj-termómetro de la calle me avisó de la hora de mi marcha. Me levanté y volví a la estación para coger el autobús. Esta vez tampoco vi nada sospechoso. Así que hice la cola, junto a una veintena de personas más, y entré en el vehículo. Le di mi billete al conductor, tras decirle hola. Me dirigí hacia la parte de atrás y me senté solo. Había muchos sitios libres que nadie ocupaba. Rendido al sueño y al cansancio me tumbé en los dos asientos. Estaba destrozado, tenía que dormir unos minutos, luego estaría más fresco. Escuché como el chofer encendía el motor…

El autobús salió ensimismado en la carretera. Nada más arrancar el motor Eduardo se tumbó en los asientos y calló en un profundo sueño antes de que saliesen de la estación. El

154

autobús era azul. Un gran cartel blanco rezaba "Lisboa" en los laterales. Tenía 50 plazas. Asientos de color azul marino con dos finas rayas verticales en el centro. En los reposa brazos había unos pequeños ceniceros de hierro que todavía guardaban las señales de antes de la prohibición de fumar en los transportes públicos. Aún así, dos jóvenes habían abierto las ventanas de la parte de atrás y ocupando los cinco últimos sillones, fumaban mientras el conductor fingía no percatarse para evitar problemas. Nadie prestó atención a Eduardo. Dormía plácidamente ocupando los dos sillones. La mayoría de los que viajaban solos también habían realizado la misma maniobra. El viaje duraría seis horas hasta Madrid y desde las cuatro de la mañana hasta las diez podía echar una cabezada. Las luces de la ciudad iban quedando atrás. Las dos mujeres sentadas delante de Eduardo tenían unos 50 años e iban a visitar a sus hijos a la capital de España. Hablaban sin parar de lo mal que estarían comiendo sin ellas y de qué bien les habían teñido el pelo en la peluquería. Sus negros cabellos se giraban de vez en cuando para observar a los dos jóvenes que, dos asientos más atrás, ahumaban el autobús. Los muchachos no hacían ni caso, sus necesidades estaban al margen de ellas y de los demás ocupantes del vehículo. No existían las leyes para ellos, con 19 y 20 años existen pocas leyes que respetar. En el penúltimo sillón de la fila de la derecha, junto a Eduardo, un hombre de tez morena con pelo cano también evitaba una confrontación con los dos chicos. Al tiempo que se envolvía en su chaquetón de pana, apoyando la cabeza contra el cristal, tratando de conciliar el sueño.

A las 9.47 llegaron a Madrid. El conductor dio un grito seco para despertar a los pasajeros que se habían quedado dormidos: "¡Estamos en Madrid!". Eduardo se despertó lentamente creyendo que la pesadilla había terminado. Había olvidado que la policía lo buscaba y llevaba huyendo dos días. Se frotó los ojos y miró a su alrededor. El ruido de los demás pasajeros levantándose le ayudó a despertarse. Se incorporó y miró por la ventana. La estación estaba desbordada de gentío desplazándose en todas las direcciones. Había dormido profundamente hasta Madrid y se alegraba. Tenía que descansar su cerebro y su cuerpo. Rápidamente recobró su estado temeroso y comprobó que seguía teniendo el billete.

Bajaré como si nada. Hay tanta gente en la estación que es imposible que pudiesen reconocerme, incluso si también me estuviesen buscando aquí. Sólo tengo que llegar a un banco e ingresar el billete. En cuanto que vean que está premiado podré abrir una cuenta al instante. ¡Todavía no me creo que el billete estuviese premiado!

Capítulo 25

Salí de la estación sin mayores problemas, había gente de todas partes, iban como locos de una lado hacia el otro. Por momentos creí que incluso venían hacia mí. En la misma calle de la estación descubrí un pequeño banco al que dirigirme sin dilación. Sorteé los obstáculos humanos hasta llegar a la puerta y luego hasta el interior. Había una pequeña cola en una de las mesas en las que vi a una chica rubia con cara de simpática. Esperé unos minutos hasta que despachó a las personas que tenía delante. Después de unos instantes me indicó que tomase asiento. Le expliqué que tenía un billete de lotería premiado, una primitiva, enseguida se levantó diciendo que tenía que hablar con el director del banco y que ahora volvía. Sin saber cómo, me metieron en el despacho del director, empezó a contarme que era una suerte que hubiese ido a su banco porque tenía no sé qué oferta por apertura de una cuenta y otras tantas cosas más que no alcanzaba a comprender exactamente. Habían comprobado el boleto y sí que estaba premiado. Me dijo que había ganado 570.000 euros, y no sé qué de abrirme una cuenta con una buena rentabilidad, no me importó demasiado. Sabía que el dinero duraría poco en la cuenta, una vez que me entregase a la policía. Ellos se encargarían de cobrar el premio directamente e ingresarme el dinero. Tuve que estar firmando papeles durante un buen rato en el que aquel buen hombre no paró de adularme. Después de casi una hora conseguí salir del banco.

El siguiente paso era dirigirme a unos policías para entregarme. No sabía exactamente cómo hacer. Nunca pensé que algún día tendría que hacerlo. En cuanto que me crucé con una pareja de policías me detuve mirándoles fijamente sin saber ni qué decirles. Así que pasaron de largo sin intuir mis intenciones. Seguí andando durante un rato hasta que pasó una patrulla en la que tampoco iba a tirarme. Tendría que haberme lanzado prácticamente sobre el coche y me dio vergüenza hacerlo delante de tanta gente. Qué pensarían de mí. Al final llegué hasta una calle menos transitada donde encontré dos motoristas a los que tampoco les dije nada. Cómo iban a llevarme hasta la comisaría, ¿subido en la parte de atrás? Tendrían que llamar a alguien y estaría un rato en la calle con todo el mundo mirándome. Recorrí un trecho más de una pequeña calle en la que los edificios de seis plantas eran antiguos y la gente proletaria. Doblé la esquina y me di de bruces con una comisaría. Subí las escaleras y llegué hasta un pequeño mostrador. Detrás había un agente con bigote que estaba atendiendo a una señora que le preguntaba que dónde se renovaba el carné. Detrás de mí empezó a llegar gente y volví a sentir vergüenza. En mi cabeza no casaba demasiado bien lo de: "He venido a entregarme. ¿Dónde se entrega uno y con quién tengo que hablar para que me arresten?". Era ridículo. Le dije simplemente que quería entregarme, tan flojo que el hombre me dijo que si podía repetírselo. Me contestó que esperase unos segundos. Llamó por teléfono y aparecieron dos agentes que me sugirieron que les acompañase. Tras interrogarme me leyeron mis derechos y me llevaron hasta una celda. La verdad es que se quedaron atónitos con la historia. Antes de irme, uno de ellos me preguntó si realmente me había tocado la primitiva del sábado porque a él le había tocado el reintegro.

Capítulo 26

La celda era minúscula. Nada que ver con las películas que había visto. También estaban los barrotes, la pequeña cama y una letrina minúscula. Pero la gente era distinta. Era algo que sólo se puede apreciar estando allí. Sus caras estaban tristes. Una desazón recorría sus rostros. Un hombre se balanceaba diciendo que sus amigos le habían llevado hasta allí. No estaba acostumbrado a beber tanto y le había cogido conduciendo borracho. Por lo visto, cuando le quedaban dos calles hasta llegar a su casa y pensaba que todo le había salido bien fue cuando se encontró con un chico que corría. Segundos después ya lo había arrollado. La policía descubrió al instante que había bebido. Se cercioraron haciéndole la prueba de la alcoholemia. A su lado, y dentro también de mi celda, había un hombre de color que no hablaba. Otro chico me dijo, mirando al hombre de color, que no tenía papeles y que lo iban a deportar. Comenzó a contarme que a él lo había pillado por haber falsificado unas firmas de unas pólizas. Era su cuarta vez, siempre por estafas.

-¿Qué has hecho?
-Fernando, llama a mamá y suaviza la cosa.

La primera llamada que hice fue a mi hermano, para que me buscase un abogado y saber qué había pasado en la isla tras irme. Mi teléfono se había quedado sin batería desde el momento en el que me monté en el barco para escapar. Tal vez Roberto hubiese intentado ponerse en contacto conmigo. Seguramente, también estuviese encarcelado. Era cosa de unas semanas que me enterase de todo, pero tenía que saber los pormenores para saber a qué atenerme.

-Te juro que me ha tocado la lotería y podré devolver el dinero. De lo que ya no estoy tan seguro es que los señores a

159

los que ataqué, y el hecho de la estafa o el secuestro, tengan solución. Aún así no tengo todo el dinero que sacamos de allí. Tendrá que ser Roberto el que ponga lo que falta.

-¿Y le has contado a la policía lo del francés ese? Él sería el que tendría que devolver el dinero.

-Sí, me dijeron que habían buscado su ficha y no aparecía nada. Además, tenían que corroborar mi versión con la de Roberto. Luego se iban poner en contacto con la policía francesa para dar parte de lo sucedido y saber si había entrado en el país. Pero me explicaron que tal y como les había descrito la situación, parecía que Jean era todo un profesional de la estafa.

-Tú no te preocupes. Lo importante es que tienes parte del dinero y seguro que te rebajan la condena.

Me trasladaron a una cárcel donde esperaría a que se celebrase el juicio. Roberto había corroborado mi versión. Según me contó mi hermano, había hablado con la policía y con él. Lo habían interrogado muchas veces. La policía decía que estaba desequilibrado y que tenía un serio problema con el juego. El psicólogo que lo entrevistó aseguraba que aquello era sólo un indicio de la cantidad de problemas mentales que tenía. Mi hermano también habló directamente con él y le habían pegado bastante. Aquellos dos hombres eran bastante importantes en la isla y querían sacarle a toda costa dónde estaba yo, la noche que lo cogieron les confesó lo poco que sabía sobre el francés, aunque como todo eran mentiras, les sirvió de poco.

Capítulo 27

Roberto salió de la casa esposado, mientras los agentes lo desposeían de su libertad. Lo metieron en un furgón. El dueño de la casa y el amigo entraron y le propinaron golpes y puñetazos. Finalmente, con las porras de los policías, lo dejaron inconsciente, calló a los pocos segundos dándose de bruces con el suelo, estaba esposado de pies y manos. Poco pudo hacer más que gritar hasta que perdió el conocimiento, una vez que se desmayó, el dueño de la casa reflexionó sobre si había sido él. Al menos sus conciencias vengativas habían quedado higienizadas, salieron del furgón y Roberto permaneció allí tirado en postura fetal, encogido. Con las manos y las piernas esposadas, la camisa mostraba la sangre que manaba desde su boca y de una brecha que le habían abierto en mitad de la calva. Su cara estaba inflada y la baba goteaba desde la comisura de sus labios hasta el suelo. A los pocos minutos volvió a recobrar la consciencia. Lo primero que hizo fue esgrimir un leve suspiro con el que escupió sangre. Intentó moverse, pero el dolor era tan grande que no pudo ni cerrar los ojos, permaneció en aquella posición hasta que llegó a la comisaría, donde dos fornidos agentes lo llevaron a rastras hasta un calabozo. Desde la furgoneta hasta la celda mantuvo la misma posición, era incapaz de estirarse debido al dolor. Allí estuvo durante dos días en los que un médico vino a preocuparse por el estado de sus heridas, había ingerido únicamente agua. No podía abrir la boca para masticar, las heridas, dentro y fuera de su boca, le impedían ingerir alimentos sólidos.

Después de otros dos días, pudo levantarse y comenzar a caminar. Estaba completamente solo en la celda. Era un calabozo en el sótano, al que se llegaba difícilmente. La celda no tenía barrotes, las paredes eran azul marino y la puerta era un trozo de metal grueso con una abertura encima y otra abajo. Había una cama sin muelles. Un colchón sobre una madera bastaba para sostener a un invitado. La letrina estaba adosada a la pared con cemento y una pequeña luz alógena embutida en un cristal de acero iluminaba la estancia. Las paredes estaban marcadas con pequeños trazos, incluso corazones, declaraciones de amor, de rabia y de desesperanza.

Tenía tanto miedo que cada vez que venían con la comida o el médico aparecía decía que hablaría. Gritaba todo lo que podía: "¡Por favor, sacadme de aquí!". La pequeñez de la celda era insoportable, calculé que tenía unos nueve metros cuadrados, tres pasos desde un lado al otro. En realidad era incluso más chica, porque uno de los lados era más largo que el otro. La letrina olía fatal, haría años que no la limpiaban a fondo. Y el olor de las cañerías que subía hacia arriba, perfumada aquel minúsculo espacio de un olor fétido. Descubrí que después de unos 15 o 20 minutos dejas de olor a nada. Tus sentidos se acostumbran y ya no tiene importancia si el olor es fuerte o agradable. Al cagar, la pequeña habitación sin ventana y sin respiradero aparente, reproducía los alimentos que ingería, luego también terminaba por acostumbrarme.

Me trataron de interrogar durante varios días, estaba tan dolorido que fui incapaz de articular palabra alguna, creo que por eso vino el médico. Al segundo día, cuando me cosieron el labio y me pusieron algo en las llagas de la boca pude decirles el nombre y apellido de los que buscaban: "Eduardo Linares Torres y Jean Trufo", les contesté, entre aspavientos ensangrentados. Los siguientes días fueron indagando más en mi historia. Me hacían las mismas preguntas una y otra vez para ver si erraba en mis respuestas. Pero sólo contaba la verdad, les dije todo lo que sabía, no quería que me pegasen más. Cuando comenzaban a gritarme me tiraba al suelo diciendo que no me torturasen. "Por favor, yo no fui el que les pegó". Me cubría la cabeza por si me volvían a sacudir. Cada vez que volvía a mi celda sentía pena y vergüenza por mí. Era penoso, pero tenía miedo. Me dolía todo el cuerpo y ya no quería más suplicios por un dinero que ni siquiera había llegado a ver.

-Dígame, vuelva a contarme esa parte de la historia.-dijo el policía.

-Ya se lo he contado una y mil veces. El francés decía que mediante un programa informático acertaba los números de la lotería, nos dijo que necesitaba mucho dinero para poder sacarlos porque el programa no era infalible, aunque era mentira. Al final nos convenció para sacar el dinero del ayuntamiento. Supuestamente luego nos devolvería la parte del ayuntamiento para que nadie se diese cuenta. Pero al final resultó que no tenía ni programa ni nada. Pretendía que sacásemos el dinero para luego quedárselo. Incluso estaba compinchado con la chica de la administración para hacernos creer que habían sacado unos números. Justo después del sorteo había quedado con ella para darle el número en la administración y traérselo...

Realmente les interesaba a dónde habían ido a parar los miles de euros que habíamos robado, yo no sabía nada ni tenía ni la más remota idea de dónde podía haber guardado el dinero el francés, lo más probables es que lo hubiese sacado en metálico para no dejar pruebas. Pero la verdad es que no sabía nada, Eduardo no llegó a bajar de la habitación después de haber hablado con él, quizás se hubiesen ido juntos a cualquier parte del mundo. Siempre supe que una primitiva de seis sería imposible, por eso sabía que había que jugar mucho y si eran

163

inteligentes, quizás se jugasen realmente el dinero en hacer una apuesta fuerte para solucionarse la vida.

Chance estaba en paradero desconocido, eso me dijo el policía. Tenía el dinero y estaba en búsqueda y captura, esas cosas eran lentas, según me explicaron. También me pidió disculpas por lo que había pasado, sabía que yo no había sido el que les pegó a aquellos dos hombres y que había sido un títere en manos de ambos, pero que había veces en que alguien tenía que pagar el pato. Me toqué la gran postilla que adornaba lo más alto de mi calva. Sus ojos mostraban arrepentimiento. Mis heridas y moratones demostraban que jamás olvidaría aquello. Así que, nada más que por el miedo, tuve que decirle que lo perdonaba. De otro modo le hubiese dicho que era un gran hijo de puta y que se quemaría en los infiernos de por vida junto a sus compañeros.

Al poco tiempo tuve noticias del hermano de Eduardo. Le conté que la policía me había pegado y la situación en la que me encontraba. Habían pedido una fianza tan alta que no podía pagarla, ni con los ahorros de toda mi familia. Me retenían en la cárcel de la isla en un pabellón con otros presos comunes. Todos querían saber dónde estaba *Chance* y creían que yo lo sabía. De ser así lo hubiese dicho.

En la cárcel fue más fácil porque nadie me hacía ni caso. Incluso podía apostar a mi lotería y no me decían nada, creo que no era el único que lo hacía. Sabía que mi suerte estaba por llegar, era cuestión de tiempo. Había que esperar y llegaría, la vida siempre termina tocándote con su varita, tal vez, no cuando uno quiere, pero llega, siempre llega. Hay que estar preparado, es difícil porque nunca se sabe lo que puede ser suerte realmente. Incluso tal vez, lo que creía mala suerte.

Quizás cruzarme con *Chance* y con Eduardo me había librado de un mal mayor. Probablemente sino hubiese sido por ellos tal vez ese día en que buscábamos el billete premiado en aquella casa, un coche, a la vuelta de la esquina, me hubiese estado esperando para sacarme de la carretera lanzándome al vacío. Tal vez todo aquello en realidad fuese suerte, quería que lo fuese. Tenía que serlo porque mi cabeza me dolía tanto y las cicatrices amartillaban en demasía mi memoria que, de verdad, tenía que ser buena suerte.

Sobre todo nunca podré olvidar la terrible sensación que tuve en el zulo en el que me metieron. Estaba tan abajo y tan solo que no se escuchaba nada, el sonido de mi respiración viajaba de un lado al otro de la celda sin detenerse, fue la primera noche. Me arrastraron hasta allí y todo quedó en plena oscuridad. No había ningún tipo de luz, oí un portazo que zanjó la comunicación con los pisos superiores. En la galería no había nadie porque tampoco escuché ningún ruido de otros presos. Era tan intenso el dolor que no sabía ni dónde tocarme, de hecho no podía hacerlo, hasta que algo llegó hasta mí, era algo totalmente desconocido. El silencio se hizo tan denso que empezó a penetrar en mi cerebro, olvidé el dolor de los huesos y de la cara. Mi cerebro empezó a balancearse de un lado al otro y un terror se apoderó de mí. Me tapé los oídos sin conseguir eliminar el ruido de aquel silencio profundo. Nunca en mi vida había sentido algo parecido. Al principio tuve mucho miedo, luego me percaté que aquel dolor me hacía olvidar el de mi cuerpo. Dejé que una especie de aguja afilada se instalase en mi cerebro para no pensar en nada más. El problema es que mis sentidos terminaron por no prestarle atención después de un rato. No podía olvidar de ninguna de las maneras el dolor de mi cuerpo. Algunas veces hacía algún tipo de ruido para descolocar mis sentidos y volver a notar la sensación del ruido del silencio. El zumbido entraba de nuevo por mis orejas hasta mi interior y, por unos instantes, ya no sentía más que un miedo atroz que recorría todo mi ser. Sensación suficiente para dejar mis dolores enterrados, tan profundo como del sitio del que debía de venir aquel extraño silencio. Pensé que podía ser la voz del infierno o las almas de algunos presos que volvían a sus celdas. La verdad es que nunca supe qué era realmente y aunque buscaba aquel extraño dolor porque ya sabía lo que sucedería, siempre me sobrecogía cuando llegaba.

Qué hizo con el dinero me mantenía furioso. Sabía que nadie deseaba más que yo dejar de trabajar. No había nacido para levantarme a una hora concreta e ir hasta algún sitio y hacer algo que no me gustaba. Con aquella cantidad hubiese invertido en unas quinielas ganadores y entonces es cuando me hubiese hecho multimillonario para siempre.

Me compraría una isla para mí solo y tendría todas las mujeres que quisiese. Ya no volvería a cargar ninguna maleta y mis criados me harían de comer, limpiarían e incluso me lavarían. Aunque lo primero que haría sería implantarme una buena mata de pelo. Antes ligaba muchísimo, ahora las chicas se fijan en mi calva y luego no me miran ni a la cara, por eso no las atraía. Menos mal que de vez en cuando me despejaba con alguna prostituta.

Me gustaría que las chicas viniesen a mí, con pelo y dinero sería un galán. Todas caerían a mis pies, las mulatitas que me gustan tanto. Esas hembras buscan un macho y no un pelón. Todavía recuerdo cuando tenía el pelo largo y las chicas se giraban cuando pasaba. Si no fuese por los dichosos nervios que me corroen, no me hubiese arrancado los pelos de mi linda calva. Cuando me di cuenta ya era demasiado tarde. Encima, a partir de ahora tendría una buena señal que haría que me mirasen la frente todavía más. Si la gente supiese lo desgraciado que me siento. Lo que veía en el reflejo del espejo, porque ya ni siquiera me miro. Podría ponerme la ropa de lino que tengo guardada en el armario para las grandes ocasiones. ¡Y sin llevar gorra! Sin querer pasar desapercibido entre la gente. Siendo yo: la persona que llevo dentro y que nadie conoce porque yo mismo evito que salga. La apariencia lo es todo y nadie pierde el tiempo en conocerme.

-¿Qué tal estás? Eduardo me habló mucho de ti.

Fernando, el hermano de Eduardo, llamó a Roberto por teléfono para ver cómo podían solucionar el tema de la cantidad de dinero que faltaba por pagar y evitar una condena mayor. Demostrando arrepentimiento.

-Bueno, llevo dos semanas horribles, la cárcel me tiene más loco todavía. Es insoportable estar entre cuatro paredes.

-Las cosas están así, Eduardo pondrá casi todo el dinero que robasteis y tú tendrías que poner una pequeña cantidad, unos 35 millones de pesetas, 210.000 euros. Es la única forma de que salgáis de ésta sin pasaros media vida en la cárcel.

-¿Cómo ha conseguido tanto dinero?

-Eso es lo de menos. El caso es que tú pongas lo que queda hasta completar la cantidad.

-Tendré que preguntar a mis padres y mis hermanos, tal vez pueda conseguir un crédito, aunque será bastante difícil.

-Creo que deberías conseguirlo por cualquier medio, me parece que no es tanto dinero en comparación con lo que pondrá mi hermano. Más de 100 millones de las antiguas pesetas, que no es moco de pavo.

-Lo intentaré, a ver qué dice mi familia.

-La vista es dentro de una semana y van a trasladarlo allí, pero no sé si a tu misma cárcel. Así que tienes una semana para conseguir el dinero.

-Una pregunta: ¿dónde lo cogieron y qué ha pasado con el francés? No sabes cómo me torturaron para sacarme dónde estaban.

-Él tampoco sabe nada de Jean. A él lo cogieron en Madrid porque se entregó. Era lo mejor, hubiese tenido que huir toda su vida.

-Ése francés nos la jugó bien, menudo par de idiotas.

-Sí, todavía no alcanzo a creer todo lo que me cuenta Eduardo.

Llamé a mi familia y me dijeron que podrían conseguir el dinero, a cambio de que dejase de jugar y se lo devolviese todo. Mis padres habían trabajado muy duro toda su vida, al igual que mis hermanos. Iban a dejarme todos sus ahorros, el banco nunca me concedería un préstamo.

La condición del juego me dejó perplejo. No sabía por qué me habían pedido eso exactamente. Sólo apostaba de vez en cuando algunas pequeñas sumas, nada que ver con un problema, aunque entendía que con lo que nos había pasado era lógico que me lo pidiesen.

Hay momentos en los que un pájaro se da cuenta de lo que es volar cuando le falta el espacio para hacerlo. Cuando el infinito mapa de una isla se transforma en barrotes grises que ahogan tus pasos te vuelves más ansioso, así que esperaba en mi celda el momento del juicio. Durante tres semanas fui incapaz de jugar ni ver los resultados de la lotería. Evitaba cualquier contacto con la televisión, la radio o los periódicos, donde regularme veía los resultados. Me hería incluso más que estar encerrado. Simplemente ideé un juego en el que tenía que adivinar cuál sería el palo más largo, de un manojo que había ido recogiendo del suelo del patio. Después de dos semanas tenía unos 200 palitos que almacenaba incesantemente en mi puño y con los que jugaba a cada instante. Sólo había uno que era más cortos que los demás. Cogía el ramillete y dejaba que todos sobresaliesen de mi puño: pero uno de ellos, por la parte de abajo, por dentro de mi mano, era más corto que los otros. Al final, después de tanto jugar, memoricé la forma del palo y tenía que cerrar los ojos o mirar hacia otro lado mientras los sacaba. A veces, cuando había más gente, los dejaba caer en el fondo del bolsillo de mi pantalón y metía la mano, para luego descubrir disimuladamente qué palo había sacado. Un día me preguntaron qué hacía con los palos y respondí que quería fabricarme una casita de madera. Y que simplemente estaba mirando si los palitos que había recogido hasta el momento se estaban partiendo. Argumentando que hasta una pequeña casa de madera tiene que tener buenos materiales para no venirse abajo.

En la cárcel miran con recelo. Los reclusos son tan opacos como las noches en las que ocurren cosas en las que prefieres no pensar. Sabes que cualquiera de ellos podría ser un asesino, alguien sin escrúpulos al que le de igual tu vida. Tenía tanto miedo que a penas salí de mi celda, soñaba con que mi compañero de habitación se levantaba en mitad de la noche y apretaba mi garganta hasta hacerla añicos. Era un tipo muy dicharachero al que le encantaba hablar. Sus tatuajes mal perfilados de un corazón con el nombre de una antigua novia y otro de una luna, denotaban que se los habían hecho en la cárcel hacía bastante tiempo. Estaba cumpliendo su sexta condena por atraco, eso me dijo, desconfiaba de él. Sus pequeños ojos negros y su perilla alargaban sus facciones, me deprimía en la idea de vivir junto a un diablo. Un día vino a visitarlo su madre, volvió diciendo que su hermano ya lo había perdonado y evité preguntarle por qué. Era esencial hablar poco, relacionarme menos y pasar desapercibido, recordaba las historias sobre las violaciones, los asesinatos y las drogas que cualquiera había visto en las películas.

La celda tenía una litera con colchones beige. Roberto y su compañero cambiaban las sábanas blancas cada tres días. En los nueve metros cuadrados de cubículo había adosada también una letrina a una de las paredes, en otra, un pequeño lavabo. Incluso tenían una pequeña mesa de madera marrón con cientos de marcas. Desde sus patas redondas hasta el tablero, el barniz había desaparecido prácticamente. Quedaba un pequeño brillo en la madera que parecía más bien de grasa. Cientos de nombres adornaban la parte de arriba y la de abajo del tablero. Al escribir una carta sobre en un folio, las distintas firmas iban apareciendo bajo las letras como otra segunda carta que calcaba la propia cárcel bajo sus palabras. Además, el tablero se sostenía con dificultad porque las patas habían sido reparadas cientos de veces. Pero la mesa era lo suficientemente fuerte como para sostener sin problemas los dos centenares de ramitas marrones que Roberto esparcía sobre ella, cuando nadie lo venía, intentando calcular las probabilidades de que le saliese la ramita más corta. Descubriendo en sus aproximaciones matemáticas el total de suerte que estaba teniendo desde que había entrado y saber cuántas oportunidades de hacerse rico había perdido ya, mientras no jugaba a la lotería.

Capítulo 28

"Un café expreso, por favor. Cóbrese de aquí y quédese con el cambio", farfulló Jean en un rústico inglés. Estaba sentado en una pequeña placita de un mercado veneciano. Esperaba a su nuevo socio en la ciudad. Planeaban montar un negocio para blanquear dinero de otros. El porcentaje sería suculento.

Sólo tardó dos días en conocer al que fuese su próxima víctima, Luca. Un pequeño empresario al que conoció al llegar a Venecia. Dos días después de haber escapado de la isla, sabía que donde primero lo buscarían sería en Francia.

Luca tenía una modesta tienda de cristales de bohemia con la que sacaba bastante dinero. Las cosas le iban bien, hacia años que había heredado el local. En Venecia, cada metro cuadrado valía mucho dinero, incluso más cuando estaba en el centro de la ciudad. La tienda de Luca estaba en un pequeño callejón que daba a la plaza principal. Los turistas que iban a visitar la ciudad terminaban pasando por su tienda, de una forma u otra. Nada más coger el local que heredó, montó la tienda de cristales de bohemia como reclamo para los turistas. Era una de las cosas típicas de Venecia, sus famosas figuras esculpidas en maravillosos cristales de colores. Su tienda era como una lágrima de cristal capaz de derramar toda clase de sentimientos. Brotaba en cada estantería con pequeños zoológicos de cristales con formas de animales, fuentes, cazos o flores. Todas procedentes de unas fábricas del norte del país, que nada tenían que ver con Venecia, pero que ofrecían buenos precios a los empresarios venecianos: los antiguos artesanos ya no eran tan rentables ni trabajaban con grandes cantidades. Importaban cajas enteras de búhos con picos rojos y orejas microscópicas, niñas con vestidos de otras épocas o ajedreces con fichas, que en la mayoría de los casos sólo servirían para coger polvo. En mitad del local había una gran

171

fuente que no tenía precio porque era un recuerdo personal de Luca, un pequeño manzano. Poco más grande que la palma de una mano. Fue tallado por su abuelo hacía años, había pertenecido a su padre y ahora a él. Nadie más siguió la tradición de la talla del cristal y tenía un significado especial. Fue el regalo que le había hecho a su mujer cuando se casaron, decía que el manzano veneciano tenía propiedades especiales que sin duda daban suerte, ya que había resistido en una ciudad en mitad del mar: al igual que ellos. Al quedarse cada vez con menos metros para plantar ninguno, decidió tallar uno para que les acompañase siempre. Era transparente con matices azules, una pequeña base cuadrada sustentaba unas raíces que sobresalían del pequeño cubo que hacía de pie. El delgado tronco se erguía con menos de medio centímetro de grosor hasta bifurcarse en dos pequeñas ramitas que sustentaban una pequeña copa. Entre el follaje había colocado varias manzanas minúsculas en las que los tonos azules se hacían más intensos.

Después de mucho tiempo ganando bastante dinero podría haberse retirado. Podría haber vivido holgadamente con los ahorros de su vida. Ya tenía comprada una casa en la ciudad y otra en el campo, que había pagado sin problemas.

Jean entró en la tienda por casualidad después de dar un largo paseo. Estudiaba las posibilidades de vivir en la pequeña ciudad, hasta que se encontró dentro de la tienda sin saber porqué. Muchos habían sido los que se habían fijado en el pequeño arbolito del interior de la tienda y los que habían preguntado por su precio. Era fácil fijarse en él porque estaba en una pequeña caja de cristal, para evitar que nadie pudiese tocarlo. En cuanto que lo vio y se percató de la ausencia de precio en la pieza se dirigió al mostrador. Preguntó por el precio y le contestaron que no estaba en venta, era una pieza muy querida por el dueño por motivos familiares. Él insistió en que quería comprarla. Sacó un talonario de su traje azul marino con rayas blancas y dejó sobre el mostrador un talón por valor de 15.000 euros. La chica cogió el teléfono y llamó a Luca, tardó poco más de 20 minutos en presentarse allí.

Cuando eres capaz de renunciar a tus principios por dinero significa que nunca tuviste principios ni valores en realidad, por mucho que presumas de tenerlo. Al ver que la chica me dijo que el jefe venía hacia la tienda supe que ése era mi hombre. Cualquiera hubiese adivinado que una tienda como esa tenía que ser rentable, pero no hasta el punto de hacer rico a su propietario. Ya que también sabía que no tenía más tiendas porque una de las cosas que le dije a la chica es que si poseían más tiendas en las que hubiese un árbol similar y su respuesta fue que ésa era su única tienda. Pero la plaza central estaba muy cerca y los turistas de medio mundo habrían tenido que pasar por allí. Mientras esperaba al dueño, imaginé a todos aquellos visitantes volviendo de Venecia con una figurita de cristal de burato y una máscara del carnaval.

-Me llamo Luca.-me dijo en italiano. Lo único que acerté a entender por la similitud con el castellano. Yo le respondí en inglés para que supiese que desconocía su lengua.

-Encantado. Yo Jean, aunque hay quienes me llaman *Chance*, dicen que tengo mucha suerte y que también la provoco.

Luca también hablaba inglés.

-Me gusta la suerte…

-A todos nos gusta. Es lo único en esta vida que todos deseamos y somos incapaces de explicar o controlar.

Después de conseguir que rechazase mi oferta de comprarle el arbolito, comprobó que tenía dinero. Bastó hacer que me contase la historia de su arbolito. Después de eso, justo después, le dije que me parecía un hombre con principios con el que no me importaría hacer negocios. Reflexión que nos gusta escuchar a todos, como a Luca en aquel momento. Olvidando de un golpe que había salido corriendo hacia la tienda cuando escuchó que se trataban de 15.000 euros.

Una vez que lo contenté haciéndole creer que era un hombre de principios y que haríamos negocios con mi sobrado capital, tomamos café varios días en los que me contó todos los pormenores de la economía veneciana y yo que había vendido una empresa que tenía. Le hice creer que al estar sin ocupaciones y con dinero, para no tener que trabajar, me aburría. Comprendía que quería que me ofreciesen algo en lo que perder mi tiempo.

Le expuse que a pesar de ser un hombre sin muchas preocupaciones financieras prefería ganar dinero más que perderlo. Adhiriendo unas pequeñas historias de cómo conseguí mi fortuna de forma un poco fraudulenta. Tras lo que se animó a proponerme otro tipo de negocios con menos trámites burocráticos ni firmas de por medio, pero con mayores beneficios. Precisamente, el tipo de negocio que yo buscaba, en el que no existen registros de nada y donde realmente podía estafar a la gente sin dejar una constancia real de las cantidades que les sustraía. Luca me contó que la mayoría de los negocios de la ciudad evitaban declarar los beneficios que tenían. Únicamente teníamos que montar una pequeña tienda, fuera de Venecia. En la que supuestamente nos dedicaríamos a la fabricación de figuras para toda la ciudad. Haciéndolo durante varios meses podríamos hacernos de oro y luego cerrarla antes de levantar sospechas. Si ellos nos compraban algo que no existía y nosotros le vendíamos algo que tampoco, podría funcionar bastante bien para blanquear dinero. Únicamente necesitábamos una pequeña inversión, con la que por supuesto me quedaría. Él tenía muy claro que todo funcionaría porque los comerciantes de la ciudad lo conocían y acudirían a él. Yo tendría que poner las cosas a mi nombre para no levantar sospechas. Firmaríamos un contrato en el que todo quedaría bastante claro. Documento que no tardé en preparar para que fuese ficticio.

Luca habló con media ciudad para que invirtiesen en nuestra pequeña empresa fantasma. En dos semanas tenía el contrato sobre la mesa. Antes de que firmase le pregunté por su número de la suerte y me explicó que no tenía una explicación, pero que era el tres. Por eso había fijado la cantidad de la inversión de cada parte en 300.000 euros. Cantidad suficiente para poder levantar una pequeña fábrica en la que no trabajaría nadie.

-¿Por qué te trae suerte el número tres?

-Pues no sé. Siempre me trajo suerte. Me llama la atención. Todos tenemos un número de la suerte. Bueno, quizás sea porque en el colegió siempre fui el número tres en la lista. Hasta que se fue mi mejor amiga que era el número dos. Fue mi peor año en la escuela. Recuerdo que era mi último curso en el colegio y creo que no hablé con casi nadie durante todo el año.

El hombre que nos vendía el terreno también estaba delante. Haríamos la compra y la firma de nuestro contrato personal al mismo tiempo. Incluso cada uno llevó a su propio abogado. Yo había comprado los servicios de los abogados de Luca y los del vendedor de la fábrica. Me quedaría con el dinero de la compra, al carecer ambos contratos de valor. Simplemente estaba ingresándome el dinero en mi cuenta, lugar del que ya no saldría hacia la cuenta del dueño. Por supuesto, ambos se darían cuenta cuando el dueño de la fábrica comprobase en su cuenta que no había ningún tipo de ingreso. Los abogados hicieron que pareciese fortuito, ya que por los 10.000 euros que les pagué a cada uno, se olvidaron del pequeño detalle de comprobar correctamente que los números de mi carné de identidad francés eran incorrectos. Dándose la curiosidad de que en un pequeño párrafo ponía que si se producía algún fallo en los trámites, tendría que volver a realizarse la firma de los contratos. Claro, que lo importante es que no ponía nada que yo tuviese que devolver el dinero que me habían dado. Dándose también la circunstancia de que la mitad del monto que Luca consiguió, procedía de unas fuentes poco reconocibles ante la ley.

Salí de Italia rumbo a Londres. Me di cuenta que dentro de un tiempo tendría los 300 millones de pesetas con los que soñaba para comprarme una casa en *Nueva York*, donde nadie me buscaría. Allí haría realidad mi sueño de tallar madera. Cuando era pequeño viví en una granja en donde pasaba las horas muertas haciendo tallas de madera con una pequeña navaja. Siempre quise volver a hacerlas. Un arte para el que nunca más había tenido tiempo. Pensé que una de las primeras cosas que haría sería algo parecido al pequeño manzano que Luca me había regalado, en señal de aprecio, tras la firma del contrato. Era una carga y antes de subir al avión rumbo a Londres lo tiré en una papelera del aeropuerto. Me hacía gracia pensar que tal vez el manzano sí que daba suerte. Ahora que yo lo tenía, supongo que a quien se la había dado era a mí.

Capítulo 29

Mi hermano consiguió que Roberto pusiese su parte del dinero. Teníamos la suma exacta de lo que habíamos sustraído de la administración. Ya se había celebrado la vista y el juicio tendría lugar en dos semanas. Los trámites iban bastante rápido debido a la presión que estaban imponiendo los hombres a los que agredí. Viendo al final como se reduciría sustancialmente nuestra condena al presentar el dinero que sustrajimos y el consiguiente arrepentimiento que implicaba.

Las dos semanas que pasé en la cárcel fueron bastante tranquilas. Esperaba ansioso el día del juicio. Ojeaba leyes en distintos libros de derecho que mi hermano me había mandado.

Me puse un traje azul marino que me envió a prisión. Me afeité hasta los pelos de las manos, me cortó el pelo otro recluso y salí de aquellos cuatro muros oliendo a colonia barata embutido en el traje. Iba acompañando por dos policías, esposado de pies y manos. Era un preso peligroso, eso le habían dicho a Fernando cuando intentó visitarme. No podían dejarle verme sin un cristal de por medio que me tuviese controlado.

Cuando salí del furgón de policía mi hermano y mi madre me esperaban en la puerta trasera del juzgado para desearme suerte, mi abogado estaba con ellos, un hombre de 42 años que se ganaba la vida ganando casos, según decía. Tenía muy claro que sería difícil que me librase de todos los cargos. Tranquilizaba a mi madre y mi hermano, alegando que lo del dinero era del todo inusual y me ayudaría en gran medida.

Me tomaron las huellas y luego me llevaron hasta la sala en la que me juzgarían. Había poca gente, además de mi madre y mi hermano, estaban los padres y hermanos de Roberto. Los dos abogados y el juez con sus ayudantes, incluyendo a los policías. Roberto ya estaba sentado cuando llegué, miraba hacia el suelo. Lo primero que vi fue su calva y una enorme cicatriz que parecía cerrarse. Me saludó y ambos nos sentamos. No nos dirigimos la palabra, ya sabíamos lo que pasaría, según nuestros abogados. Teníamos que permanecer callados y repetir lo que nos dijeron cuando nos preguntasen. El caso se resolvió pronto, tras admitir que yo había sido el que pegó a los hombres y a la chica dijeron que Roberto quedaría libre sin cargos, pero con un expediente que le impediría ser nunca funcionario. Aunque le dejaban seguir trabajando allí y no perder su puesto, después de devolver el dinero. Él era parte del plan sin saber en realidad gran cosa de lo que estaba pasando y quedó libertad. En realidad, nunca supo qué había estado sucediendo.

Mi caso fue diferente. El abogado tuvo que batallar con el juez para que no tuviese en cuenta la paliza que les había propinado a aquellos dos señores a los que seguro que conocía. Me cayeron tres meses, a pesar de haber puesto yo casi todo el dinero y haberme entregado. Según mi defensor no estaba del todo mal. Seguramente sólo tendría que pasar un mes y medio allí, por no tener antecedentes, y luego saldría bajo fianza. También me dejarían volver a mi trabajo después, bajo las condiciones de expedientarme y nunca más volver a poder optar por sacarme la plaza. Sin duda, algo que no me importaba demasiado a estas alturas. Quizás lo peor fue cuando el abogado me preguntó que por qué había agredido de aquella manera a los dos señores de la fiesta, a lo que respondí: "Sólo era un hombre normal, bajo una presión anormal". Confesé que toda aquello pudo conmigo y perdí el control. Quizás otra persona no lo hubiese hecho, pero yo no pude asumir lo que nos estaba sucediendo. "Ya le digo, sólo soy un hombre normal".

Roberto empezó a dar saltos de alegría cuando el juez dictaminó la sentencia. De todos modos, él nunca tuvo la intención de sacarse la plaza porque decía que estaba harto de estudiar. Su familia se abrazó a él y vino directo hacía mí. Mientras me abrazaba me susurró al oído que tuviese paciencia, que saldría pronto. Su actitud me sorprendió. Tras lo que aseguró que tendría más suerte de lo que yo había soñado. Nunca olvidaría lo que había hecho por él. Acto seguido le quitaron las esposas y volvió a dirigirse hacia mí. Me metió algo en el bolsillo de mi chaqueta, era un palito.

Ahora tendría que ver a qué cárcel me mandaban. Podía ser lejos o cerca de mi casa. Mi madre estaba contenta porque sólo habían sido tres meses. Al principio se temió lo peor. Lo primero que había dicho cuando se enteró fue: "Pero por qué lo has hecho". A lo que le contesté que sólo quería hacerme rico, como todos. Me pudo la avaricia, ya había conseguido cambiar de vida, quise más y eché todo a perder.

Me ingresaron en una de las mejores cárceles donde podían haberlo hecho. Me enteré después. Fue todo un cúmulo de casualidades, no tenía ni idea de lo que realmente ocurriría conmigo. La cárcel estaba en Cádiz, me metieron en un modulo de mínima seguridad. La libertad que teníamos era relativa, podía dar vueltas por el reciento y tenía acceso a la biblioteca o los talleres. Siempre había querido aprender a pintar y vi uno que me interesó lo suficiente como para perder mi tiempo en prisión en la pintura. Incluso sacaría provecho de la situación. En cuanto saliese podría volver a mi puesto, aún soportando la presión de una isla diminuta en mitad de un océano demasiado grande.

179

En principio, estaría menos de dos meses, según mi abogado. Tras instalarme en la celda, puse un mapa del mundo para escapar cuando quisiese.

En la celda tenía un compañero al que preferí no prestar demasiada atención. Sabía que había tenido problemas con las drogas y aunque estaba recuperado, desde el primer día, vi merodeando por mi celda algún que otro camello. Permanecía al margen, como si no tuviese importancia lo que sucedía o como si no me enterase. Tampoco me preguntaba mucho por mi vida y me respetaba lo suficiente para dejarme lo poco de intimidad que podíamos permitirnos en una celda compartida. Si el hombre quería destruir su vida era cosa suya. Ya era mayorcito para saber lo que hacía. Aunque al poco tiempo me alegró saber que por lo menos sólo consumía drogas blandas. Lo que ya era un logro para él, después de todo lo que había pasado. Aunque bueno, no era la mejor manera de alejarse de la droga definitivamente. Más de un vez estuve tentado de decirle que aquél no era el camino. Pero preferí ser un anónimo observador que pasa desapercibido. No inmiscuirme en lo que es asunto ajeno, mas verdad claramente dolorosa. Hay veces que lo mejor es dirigir tu mirada en otra dirección. Dejar que los acontecimientos muerdan la realidad, pensando en que nunca te suceda a ti lo mismo.

Se llamaba Juan Tavera, lo único que supe que era cierto. Ni las historias de los tatuajes, según él hechos todos en California y Australia, ni que procedía de una familia de alta alcurnia. Ni que la cicatriz, desde su pómulo izquierdo hasta su mandíbula en perpendicular llegando casi hasta su oreja, era de una carrera en la que participó por en el Amazonas. Ahora desconfiaba mucho más de la gente, pero aquello no era desconfianza sino sentido común. Un día salí al patio y un chico que no conocía de nada se acercó hasta mí y sostuvo: "El

Juan habla mucho, pero tú ni caso". Y eso fue lo que hice. Escuchaba sus largas historias sobre los viajes que había hecho y la gente que conoció en las distintas partes del mundo. Aunque en sus historias no acababa de concretar detalles esenciales que cerciorasen la autenticidad de sus relatos. Por lo que nunca sabía siquiera si había alguna parte de verdad es sus historias.

Me apunté a clase de pintura. Tenía tanto tiempo libre que haría realidad mi colorido sueño. Ya me imaginaba exponiendo en las mayores salas de pintura del mundo.

Así viví mi primera clase: mi profesor se llamaba Pascal Maffre, un francés de la parte del sur al que habían pescado por falsificar unas firmas de cheques. En la cárcel todos saben por qué te cogieron. Es casi lo primero que dicen sobre ti. Tal vez luego digan tu nombre y de dónde eres. Es curioso, es uno de los pocos sitios en los que en realidad tienes tu nombre y tu número de recluso. Tal vez cada cual pensase en que aquellos números, al contrario que otros, y les trajesen mala suerte, aunque no lo sé. Fue la primera vez que me di cuenta que por una vez, a parte de nuestro documento de identidad, éramos simplemente números. Algo tan simple como que todos tengamos nombre nos hace evitar pensar en cambiarlo porque ya nos viene dado y es expreso deseo de nuestros padres. Siempre hay quien se lo cambia, pero en un principio siempre tienes un nombre, te guste o no. Lo del número es distinto. Normalmente, en los documentos de identidad tienes demasiados números, con lo que es difícil decidirte por alguno. En realidad sólo hay diez números que forman los demás, desde el cero hasta el nueve. Así, el término medio estaría en el cuatro y el cinco. Aunque la verdad es que el cero no vale nada y no lo tengo en cuenta. Sea como fuere, todos elegimos alguno de esos diez números, que sin combinarlos son fáciles de recordar y cortos. Pascal Maffre tenía el número de recluso 3.725, yo el 3.468. Un número sin ningún cinco, supuestamente mi número de la suerte. Pudiendo ratificar que el cinco era mi número de la suerte o que por lo menos no era ninguno de los cuatro números que me habían dado como preso de una cárcel, estaba claro. Quien tenía el número cinco en su número de recluso era Pascal, justo al final. Fue en lo primero que me fijé. Bien es cierto que ya me habían hablado de él y todo me indicó que tenía que ser alguien que me gustase. Me contaron que su celda estaba llena de pequeños auto retratos. Las pintaba de una forma especial para la gente. Muchos de los presos habían pasado por su celda para que los pintase. De vez en cuando le pedía a alguien singular de la cárcel que posase para él. Tenía una técnica especial de la que todos hablaban. Me fascino cómo un preso, el primero que me habló de él, me relató cómo mezclaba los colores y hacía siempre unos ojos enormes llenos de vida. Me llamó tanto la atención porque aquella persona no tenía ninguna formación evidente, pero había captado la belleza en si misma sin poderla explicar de una forma técnica, aún mientras era capaz de verla en su misma sustancia.

Cuando llegué a la clase estaba sentado tras un caballete. Todos teníamos uno y dijo que cogiésemos los pinceles y dibujásemos lo que quisiésemos. Hubo momentos de confusión en los que nadie se decidía. Hasta que explicó que quería saber qué éramos capaces de hacer. Anduvimos bastante rato perfilando trazos imposibles de definir como dibujo, pintura o arte. Cuando llevábamos cerca de hora y media, cada cual había pintado unas frutas, un árbol, una mujer o como yo: un paisaje sin líneas ni dimensiones reales. Al decir que dejásemos lo que estábamos haciendo volvió a formarse un pequeño tumulto hasta que comenzamos a mirar las obras de los demás, descubriendo que había pocos de nosotros que realmente hubiesen hecho nada de provecho. Se acercó uno por uno y nos fue diciendo qué habíamos hecho bien y qué mal. En qué teníamos que mejorar e incluso en qué clase de pintura o estilo destacaríamos. Asegurando al final que él nos podía ayudar a mejorar, pero que cada cual tenía unas dotes con las que ya contaba y que nos dejarían llegar más o menos lejos. Aunque también nos explicó que todo puede aprenderse. Cuando hubo terminado de analizar todas las obras, dio la vuelta a su cuadro y nos mostró que había hecho el retrato de la clase. Se distinguía a cada cual detrás de su primera obra. Un estilo peculiar peinaba cada detalle. Cuando nos explicó algunas cosas de las que había plasmado, terminó la clase diciendo que colgaría aquel cuadro allí como la foto inicial del curso. Nos pareció una gran y ocurrente idea. Cuando se marchó, la mayoría nos acercamos a ver detenidamente el cuadro que él había pintado. Los colores todavía estaban frescos y la pintura brillaba. Había unas 15 personas allí dibujadas con una maestría simple. Había utilizado varios trazos para retratarnos. Era lo más fascinante. Mientras que los cuadros que teníamos delante eran trasparentes. Sólo había dibujado los marcos. Con lo que también se veía nuestros cuerpos tras los lienzos. A todos nos pareció una obra maestra.

Tenía el pelo castaño. Las canas habían comenzado a asomar en sus sienes hacía algún tiempo. Sus 44 años de edad le habían dado muchas visiones, alguna arruga que comenzada a rodear el contorno de sus ojos y un gesto de pensador desairado. Sus cabellos lacios bordeaban sus marcadas mandíbulas, sobre un cuerpo delgado de cerca de metro noventa. Sus huesos asomaban en algunas partes de su piel como aristas puntiagudas con aspecto de frágiles. Su nariz se quebraba en el centro para hacer una ondulación que no evitaba la ascensión de la prominencia de carne final. Una piel blanca daba el toque de genial artista embutido en su piel de trabajador huraño en un estudio del que nunca salía. Sus ojos eran platos que narraban más que miraban, escuchaban con sus brillos e incitaban a descubrirse al que fuese.

Los cuadros que pintaba tenían un denominador común: los ojos. Al igual que los suyos. Eran enormes. Deformados en dimensiones concentraban los sentimientos de las caras. Sin color, azules, huidizos, tristes o felices. Todos con grandes pupilas que excedían de las dimensiones reales. Así mostraba el alma en su arte, mediante la mirada. Como el reflejo de los grandes ojos que podrían percibir que aquello era magia sobre un lienzo. Que más que un cuadro era su alma. Que más que un alma, eran las almas en su estado mismo y lo bellas que podían llegar a ser. Y bajo los ojos sus narices alargadas y sus bocas delgadas. Siempre rostros delgados, incluso los que tenían que ser redondos. Era lo que prefería dibujar. Aunque hay que ser valiente para poner una cara desconocida en la pared de tu casa. La mayoría de las veces será porque nos recuerda a alguien o es alguien al que nos gustaría haber visto alguna vez.

Los colores de sus retablos barnizaban invenciones. Casi siempre utilizaba tres o cuatro ritmos con los que daba las pautas de lo que sería el color del cuadro. Una predominancia que cristalizaba en la definición del alma. Con ellos desmembraba más allá de la miraba. Entraba en la funda de piel de un ser humano y en lo que cualquiera pensaría tras ver un rostro evidente y una mirada clara. Gestos que nos seducen informaciones que al final siempre completamos. Él coloreaba los matices que siempre se completan para no dejar lugar a

184

dudas a lo que sus historias dibujadas y sus personajes profundos querían traslucir. Como un cuento con principio y final. Un sendero en el camino de la consciencia en la que llevar de la mano a lo inconsciente. Incluso el más bruto de los presos entendía qué transmitían sus ideas. Pero claro, el arte tiene sus leyes y sus verdugos. Al parecer, nunca había querido adaptarse a ellas y seguía siendo un relativo desconocido. Sumaba unas cuentas exposiciones sin haber llegado a despegar del todo. Menos ahora que estaba en la cárcel por lo que mejor sabía hacer, dibujar. Ya fuese en un cuadro o en un cheque.

Capítulo 30

Cuando me acerqué a él me observé en su mirada. Sentí que aquella persona y yo teníamos algo en común aunque no supe qué exactamente. Fue la sensación que se experimenta con algunas personas cuando las conoces por primera vez. Sin olvidar que iba condicionado por lo que me habían dicho.

En la primera clase apenas hablamos. Lo único que hizo fue plasmarnos en su cuadro. Lo más cercano a una definición que puede hacer un pintor. Ninguno salió decepcionado. Su pintura era más bien simbólica y evitaba líneas definitivas, matizando los pequeños defectos de cada cual, suficientemente como para verse guapos. En los días sucesivos, cada vez que se encontraban con él, le preguntaban sobre el significado de los colores que había utilizado en su rostro o por los trazos alargados de las caras que definían su estilo. La idea más original que se me ocurrió a mí también cuando lo vi.

-Increíble, sólo puedo decirte eso. Nunca había visto nada igual. Además, en un tiempo record. Me encanta como combinas los colores. Era un arco iris de presos.

-Me gusta lo del arco iris de presos. Podría titularlo así.

-¿Siempre has pintado con esos trazos alargados?

-Sí, tardé poco tiempo en conseguir mi estilo. Hay otros pintores que maduran más tiempo lo que definirá su pintura. Yo, al contrario, siempre tuve esa visión de la pintura y de las cosas. Sabía que quería pintar así.

-¿Hace mucho que pintas?

-Desde los 25 años. Ahora tengo 44 y ya ves. Han pasado muchos años. Muchos en la cárcel.

-¿Aprendiste aquí el español?

-No, ya sabía algo porque me encanta el italiano. Aunque sí, lo mejoré aquí. Podríamos decir que ha sido mi escuela. Me relaciono poco, no creas.

-¿Y has expuesto?

-Sí, incluso me dejan que salga el día de la inauguración. Los periodistas no suelen venir y por lo general tienen poca difusión. Nadie quiere hablar de un preso pintor. Bueno, alguna vez, cuando no les queda más remedio. Pero en contadas ocasiones.

-No te preocupes, pintando así, al final terminarás por llegar a ser alguien, créeme. Desde mi punto de vista, desde la lejanía, sin tener ni idea de arte, sí que puedo distinguir entre lo que es bonito o no sin ser un experto en la materia. Es lo bueno de la pintura, salta a la vista. Tanto, que incluso alguien que no tenga ni idea de armonías y tonalidades sabe cuándo le gusta algo o le desagrada. Parte del mismo principio de belleza que cuando una persona te agrada físicamente. Al instante reconoces una quinta esencia difícil de describir y que tus sentidos aprecian al momento.

-Tendrás razón. La gente me ha dicho de todo. A lo largo de este tiempo siempre he creído que no había nada mejor que escuchar los comentarios sobre mi trabajo. Y cada día me sigue fascinando lo que la gente opina. Es extraño saber que un simple lienzo puede causar tantas opiniones y tan enfrentadas. Unos dicen que si el color está bien, otros que deje de usar tantos rojos y negros...

-¿Cuándo supiste que lo que tenías que hacer era pintar? Es que creo que a mí me está sucediendo. Tengo muchísimas ganas de expresar lo que llevo dentro.

-Sucede por una necesidad. Si alguien te lo exigiese no te saldría nada. Esa creación o inspiración nace dentro. Y yo no sé donde se crea. Tan sólo que está ahí, buscando una salida. Un alivio. Cuando pinto mi cerebro se siente libre, compensado, sano... Y cuando no pinto me falta la capacidad de ilustrar mi mundo. Tal y como yo lo veo. Como supongo

187

que en realidad sucede, todos vemos el mundo a nuestra manera.

Los cursos de pintura eran tres veces por semana. Cada lunes, miércoles y viernes. Con los que Pascal exculpaba sus delitos y percibía una pequeña reducción en su condena. Si seguía dando clases y realizando sus actividades diarias correctamente, tendría que completar un año y medio de pena. Me contaron que su condena fue especial, más larga de lo normal. Nadie solía recibir tanto tiempo. En su caso, la estafa fue años atrás. Unos 15 años en los que vivió por el todo mundo sin ser pillado, gracias a sus estupendos cheques. Pero la tecnología había avanzado y al final no tardaron en dar con sus manos manchadas de pintura en una guardilla granadina.

A las tres semanas ya era un incondicional de las preguntas a Pascal. Me quedaban unas semanas para salir de la cárcel y tenía que aprovechar al máximo aquella fuente de sabiduría. Cada día aprendía algo nuevo de él. No sólo en las clases. Cuando tenía alguna duda iba directamente a su celda. Al principio hablamos sólo de pintura. Poco a poco fuimos intimando y me habló de su familia. Dos hijas que eran por lo que decía que cuando saliese no volvería a delinquir. Y una ex mujer con la que se llevaba lo suficientemente bien para que le dejase tener contacto con sus hijas. De momento, les habían dicho que estaba en la Isla de la Reunión dando clases de pintura. El engaño ya duraba demasiado tiempo y las hijas no paraban de hacer preguntas. A las que él intentaba no contestar. Me dijo que eran lo mejor que había hecho en su vida. Tenía dos fotos de ellas en una de las paredes. Tenían nombres extraños, según me dijo se los habían inventado su mujer y él.

En la cárcel puedes hacer todo tipo de amistades, depende de lo que busques. Yo intentaba relacionarme sólo con la gente de la pintura. Que a pesar de lo que parecía, eran de lo peor de la cárcel. Las condenas que les habían echado eran tan elevadas que realizaban cursos de todas clases para rebajarlas. Fue allí donde conocí lo más granado de los bajos fondos españoles. Había de todo: violentos por naturaleza, ladrones de guante de silicona y pistola, o gente relacionada con tráfico de drogas. Sin olvidarme de Pascal, el falsificador. Es curioso, en la cárcel todos dicen que van a dejarlo, aunque una vez que te haces un par de amigos empiezan a recomendarte un conocido suyo para tal o cual trabajito, sólo en caso de necesidad. Terminé teniendo la lista de lo más surtido y peligroso de la España profunda.

-Yo no te he dicho nada. Pero si alguna vez necesitas un amigo en Badajoz para hacerte unos papeles pregunta por el Pelota en el Lagarto, un bar que está en mitad del barrio de las Candelarias.

-Gracias. Yo no creo que…

-No, si yo tampoco voy a volver a hacer nada. Pero hay que tener amigos hasta en el infierno y de eso sé mucho. Tú hazme caso y apunta lo que te digo por ahí.

Algunos, incluso se sinceraban y te decían que el dinero que se gana de algunas formas es muy goloso. Luego costaba demasiado, según me resaltaban, "coger un pico y una pala". En algo tenían razón, con la experiencia que tenían y con la edad con la que saldrían de la cárcel, pocas personas iban a contratarlos.

Comencé a dibujar en la cárcel. Desde lo 14 años no había vuelto a pintar nada. Mi celda, una aventura y algo que había nacido en mi interior me pedían expresarme de aquella manera.

Mis dibujos estaban influenciados por los de Pascal, a pequeña escala, ya que era imposible dibujar tan bien como él. Tomé varias cosas de sus cuadros: los expresivos y grandes ojos con descomunales iris y narices alargadas. Aunque fui yo el que añadió a cada uno de mis lienzos, en forma de caras que ocupan todo el espacio blanco, unos cabellos lacios cubriendo los ojos. Quizás un estilo un poco japonés o influenciado por las medio melenas de otros tiempos y la cantidad de veces que volvieron a ponerse de moda a lo largo de la historia, además de mi obsesión por el pelo largo, tras conocer a Roberto. Un fenómeno que no acertaba a entender, simplemente convivía con la necesidad de tener que dibujar esos peinados.

También tenía una pequeña libreta con la que iba a todas partes. Dibujaba comiendo, en el patio. En la cárcel viví varias semanas artísticas en las que aprendí bastante de pintura; y más sobre hurtos, asaltos o gente a la que llamar para crear una pequeña milicia de delincuentes.

Pascal habló mucho conmigo mientras pintaba. Iría a Barcelona a vivir durante un año porque le habían dicho que el arte allí tenía mucha pujanza. Yo le dije que la verdad es que nunca había estado y podría ir también para ver qué pasaba en sus pequeñas calles del casco viejo. De todos modos decidí que nunca más regresaría a la Isla del Maíz. Los cambios que había ocasionado en mi vida habían afectado tanto a mi devenir que me sentía incapaz de retornar a nada parecido. Aunque Cataluña era más previsible, sin olvidar que no hay nada totalmente seguro. Estaría bastante cerca de mi familia a los que podría visitar cada cierto tiempo, en un sitio dentro de la península. Entendía que nunca más volvería a ninguna parte que te impida salir de allí cuando te apetezca. La sensación es demasiado frustrante y el malestar caro, para la vida de alguien que nunca haya estado sometido a la inmensidad del mar. Era lo que había sacado en claro. Quizás otros pudiesen, pero yo sería incapaz de soportarlo.

Mi hermano y mi familia irían a recogerme en cuanto saliese de la cárcel. En la última semana hice los preparativos para marcharme. Había pasado casi un mes y medio. Saber que estaría tan poco tiempo allí me hizo sufrir menos la ausencia de libertad. Sin lugar a dudas, estar entre muros, casi desnudo como ser humano, sin ser pernicioso para los demás, es un privilegio ajeno. Reflexioné sobre cómo los hombres habían tenido que inventar un sistema en el que controlarse. Mis pensamientos se detuvieron en el tiempo, como aquel lugar, parando las vidas en otro paralelo distinto a del resto del mundo. Más que saber si el hombre tenía que controlarse y el porqué, mis preguntas giraban sobre si en algún momento había sido capaz de convivir, a lo largo de la historia, en una comunidad limpia. Un lugar en el que nadie delinquiese y todos se preocupasen por el bien común. Luego recordaba las historias de algunos reclusos y creía que si el ser humano era tan distinto sería imposible. Ya que siempre existirían los necesitados, los que tienen menos y los que sobre todo usan cualquier artimaña para conseguirlo. Empezando por mí. La decepción sobre mi actitud me llevaba al extremo de sentirme parte del fallo de un sistema para el que nadie está preparado. Una sociedad competitiva, unos hermanos sociales sin sentimientos y la verdad de lo que puede llegar a ser tu vida confrontada con un proceso madurativo en el que te das cuenta de que pocas veces consigues ser quien quisieses. Por eso me veía allí. Mi sueño había sido más grande de lo que merecía, según mi proyecto personal como individuo y lo que invertí en conseguirlo. Siempre hay un instante en que sabes si estás obrando bien o mal. El problema es cuando decides que dentro de las acciones malas que puedes llevar a cabo hay distintos grados para maniobrar. Es en ese momento, cuando te dices que no es malo sino medio malo. Cuando tomas más riesgos sobre las consecuencias negativas sobre los demás que sobre las positivas, es el instante en el que empiezas a ser un egoísta social. Un delincuente o alguien para quien las leyes sociales tienen parámetros difusos.

Eduardo miró a los ojos a Pascal, luego se fijó en que sus cuadros tenían una similitud extraordinaria en un detalle concreto: los ojos. Eran exageradamente grandes, como colosales ventanales que desprendían vida. Le preguntó qué significado tenía y si le obsesionaba la mirada. Él le explicó que pintaba esos grandes ojos en honor a los ladrones de energía. Eduardo lo observó perplejo, por lo que el pintor tuvo que continuar su alocución. Retomó el diálogo contando que a lo largo de su vida había conocido a gente que desprende energía y a otros, que por el contrario, la chupan. Los que la daban le hacían sentir bien porque él también liberaba mucha. Pero los ladrones de energía la roban. Te sacuden tus cimientos agotando tu felicidad y tus ganas de ser feliz. Cuando estás con alguien así te das cuenta porque terminas agotado, en cambio esa persona se llena cargándose de tu energía y se siente mejor.
Sus cuadros reflejaban el miedo a que te robasen la energía. A la incomprensión de robar felicidad en vez de regalarla. La infelicidad vivida frente al amor por la vida. Por eso sus figuras tenían ojos grandes con los que percibir mejor quiénes son aquellos a los que aproximarse sin miedo a que te roben tus sueños, tus sonrisas y sobre todo tus ganas de vivir. Era una actitud ante la vida. Y si tenía que alejarse de gente así lo hacía.

192

Era la segunda vez que Eduardo volvía a escuchar una historia que le parecía incongruente, según sus razonamientos lógicos. Era demasiado sobrenatural para ser algo en lo que creer. Esta vez no se sorprendió tanto como con las historias de Chance, empezaba a acostumbrarse a cuentos extraños. Más tarde le perdonó la excentricidad, era un artista que se nutría de la realidad que él mismo inventaba.

El día que se iba, volvió a acercarse a la celda de Pascal para despedirse y éste le esperaba con un enorme lienzo. Lo había retratado. Sólo era un regalo para alguien que tendría que luchar toda su vida contra los ladrones de energía. También le dijo que todavía estaba a tiempo de rehacer su vida. Tenía muchos años por delante y la suerte, a quien hace el bien, siempre le termina volviendo. A pesar de que una vez hubiese flaqueado, era la parte de ser humano que todos tenemos y que nos hace imperfectos. Simplemente tendría que saber que tal vez, en alguna ocasión, sin percatarse, tal vez sus ojos también se volverían oscuros y querrían robar vida a de los demás. Pero tenía que recordar que él, en su interior, era bueno. No tenía que dejarse llevar por las influencias negativas del mundo.

Capítulo 31

Salí de la cárcel como entré. El estado de ansiedad había desaparecido. Después de que mi familia me interrogase sobre todo lo sucedido, de forma más distendida, llegué al acuerdo con ellos de que no volvería a hacer nada por el estilo. Aunque ahora venía la parte más difícil, empezar de nuevo. Esta vez sin trabajo a la vista y con pocas posibilidades a corto plazo.

La empresa privada era la solución más factible. Aunque quería cambiar radicalmente de vida. Tenía que hacer algo totalmente distinto a lo que había hecho hasta ahora. Nada de oficinas. Un trabajo de media jornada con el que vivir y pintar todo el tiempo me motivaría mucho más.

Después de dos semanas en Zamora me fui a Barcelona, donde estuve alojado una semana en una pequeña pensión hasta que encontré una habitación en el barrio del Rabal. Uno de las zonas más urbanas de la ciudad y con menos recursos. Sus inquilinos se dedicaban a todo y a nada. Las calles estaban llenas de extraños negocios de los que huía con la mirada. Pero era barato. Además, fue uno de los pocos sitios donde no tuve que justificar una nómina, tan sólo tener en metálico los dos meses de fianza. Me hicieron pocas preguntas y yo di mucho las gracias. Alquilé un cuartucho con un pequeño cuarto de baño y una cocina de lo más sencilla. La cama también era pequeña. Aunque la ventana daba a la calle, un buen método de distracción y de inspiración. La luz que entraba durante todo el día también me ayudaría a pintar. Es raro que en un tercer piso tengas tanta luz. Allí las casas eran bajas y tuve suerte. El subir las escaleras a diario me hizo ponerme en forma. El ascensor se había estropeado hacía varios años y la comunidad, al ser nómada, no se ponía de acuerdo para arreglarlo. Al principio me fastidió un poco. Luego me lo tomé como un deporte para ahorrarme el gimnasio que no podría pagar.

Tras pagar la fianza me quedaban, escasamente, 1.000 euros del dinero que me dejó mi familia para recomponerme. Tenía que buscar trabajo.

Me preguntaban la edad. Casi lo primero que decían era que buscaban a alguien más joven. Hasta que encontré la pequeña imprenta de la calle Polignac en el número 15. Entré por casualidad para hacer más fotocopias de mi currículum, cuando andas desesperado agudizas el ingenio y la lengua. Un hombre mayor me hizo las copias y me dijo que a ver si tenía suerte. Contesté que si no conocía a nadie que buscase un administrativo. Me explicó que él no buscaba un administrativo, pero si a alguien que hiciese fotocopias. Padecía frecuentes dolores de espalda y ya no podía estar delante de la fotocopiadora, de pie, durante tantas horas. El negocio era suyo.

Las condiciones fueron que ganaría 800 euros por cinco horas diarias, de lunes a sábado. Lo que aún pareciéndome una miseria acepté. Las alternativas eran muy reducidas y para ir salvando el mes era suficiente, ya que el alquiler eran 300 euros. Sólo tendría para comida y pinturas. Algo inaceptable aunque salvador. Trabajando cinco horas diarias tendría todo el tiempo del mundo para pintar. La clientela eran en su mayoría chicos jóvenes, me contó el señor. De todos modos, él estaría allí hasta que aprendiese cómo funcionaba aquello. Me pidió mi carné de identidad y que firmase un contrato que guardaría. Trabajaría sin estar declarado. Decía que no podía asumir el gasto y firmé el contrato sin hacer muchas preguntas.

Cada mañana me levantaba a las ocho y atendía a ingentes cantidades de jóvenes que me pedían copias. Era un autoservicio, pero siempre tenía que hacer cosas porque la gente desconocía las funciones de la máquina. Pasaba el tiempo resolviendo dudas. El viejo tenía todo muy bien montado. Las copias realizadas quedaban marcadas en un contador y hasta el último artículo estaba catalogado. Incluso me advirtió que si quería algo, que se lo pidiese antes de pillarme. Lo que agradecí, estando allí era fácil querer sacar una fotocopia de alguna foto para luego pintarla.

Conseguí una extraña simbiosis en la que mis mañanas parecían no formar parte de mi realidad. Mi cuerpo y mis actos tenían una lógica y formaban parte de todo aquello. La cuestión residía en que detestaba tanto lo que hacía, por el nulo interés que tenía, que me lo tomé como el precio por mi arte. Simplemente vendía varias horas de mi vida en pro de algo más sublime. Me hacía más distraído y menos entusiasta en ocasiones. Sin mermar para nada mi actitud de trabajador constante. Aunque reconozco que pasaba muchos minutos de mi tiempo de trabajo pintando en mi cabeza. Luego volvía a la realidad y proseguía dándole vueltas al último tomo de un señor que había escrito un enorme libro sobre las rocas, mirando de reojo al futuro biólogo de unos 22 años al que le copiaría la sonrisa para uno de mis retratos. Me volví más observador. Me fijaba en las bocas, los ojos, las narices, las manos… En más de una ocasión me sorprendieron embobado, seguramente creyendo que me había enamorado, con mi vista sobre las líneas que dilucidan los rasgos y rasuran las sombras. Las infinitésimas partes de un labio y el laberinto pictórico que suponen las interminables falanges de unas manos.

Mi barrio inspiraba. Barcelona, en general, era muy creativa y rezumaba bondades artísticas en cada uno de sus rincones. Había salas de exposiciones, gente haciendo fotos, otros con pequeños trozos de papel en los que escribían poemas, lectores apoltronados en los bancos de un jardín: locales de música acuchillando sones de otras décadas olvidadas. Los transeúntes de la ciudad tenían un aspecto especial, propio. Al igual que las calles, las casas, los grandes edificios, la gran influencia arquitectónica vendía aíres innovadores, transgresores y cantables al extranjero o al admirador de valientes. Aunque algo más importante todavía, el aire era salado. De la isla sólo descubrí algo que me gustó realmente: el olor a mar. Algunas mañanas, al ir al trabajo, las calles estaban impregnadas con aquel olor a salitre. El mar debía influir en aquel lugar. Una mirada observa de forma distinta cuanto ha vivido junto al horizonte.

Capítulo 32

Cuando llevaba seis meses pintando y haciendo fotocopias reventé. Decidí que ya era hora de cambiar mi vida otra vez. Conocía perfectamente la ciudad y quería quedarme, pero en otras condiciones. Tenía que volver al banco de Madrid y recoger lo que dejé cuando entregué el billete de lotería.

La noche en la que Roberto y Eduardo entraron en la mansión, haciéndose pasar por dos invitados Eduardo obró por cuenta propia hasta el final. Mientras Jean y la novia, la hija del dueño de la casa, estaban tendidos en el suelo, decidió coger el libro de Quevedo que la chica le había ofrecido. Nadie se dio cuenta. Tan sólo el hermano de ella, que no pudo denunciar el hecho porque había comprado el libro en el mercado negro, aunque ella no supiese nada. Eduardo guardó el libro en su chaqueta sin mencionarlo, a nadie. Incluso el capitán del barco que lo recogió en alta mar había visto el libro sin percatarse de que fuese tan valioso. Por supuesto, cuando le devolvieron sus enseres personales tampoco dijo nada. Nada más llegar a Madrid, antes de entregar el billete de lotería. También abrió una caja fuerte en la que depositó el manuscrito.

En la cárcel aprendí mucho. Tal vez más de lo que nunca creí. Tenía distintos números de teléfono a los que llamé para ver si podía vender el manuscrito. El mercado negro literario era importante y a un neófito en la materia podían tenderle demasiadas trampas. Hasta que no estuve seguro no actué. Los teléfonos que conseguí en la cárcel me fueron de gran utilidad. Nada más decir el nombre de quien me había dado sus datos me decían que cualquier cosa de la quisiese hablar con ellos sería mejor hacerlo en persona. Luego me decían que la policía podía tenerles pinchado el teléfono y que tuviese cuidado.

Me costó trabajo encontrar un pasante de arte. Se movía demasiado dinero y tanto los compradores como los vendedores circulaban por entornos muy reducidos. Las colecciones a las que iban a parar esas obras eran privadas. Los compradores, normalmente, se hacían con las que se habían encaprichado y no estaban a la venta, o simplemente los precios rozaban la locura. En todo caso, eran caprichos para el alma, como las definió el pasante que conocí, para evitar decir obras de arte robadas. Él hacía de intermediario, hasta el momento de la venta, en las negociaciones y los precios. Sólo había un contacto directo al final, aunque a veces también enviaban a alguien con el dinero por si surgían problemas con la policía.

Desconocía el precio real del manuscrito. La novia de *Chance* me lo ofreció como algo muy valioso. Supuse que tendría un valor considerable. Aunque el precio aproximado era una suposición demasiado abstracta. Pude saber que se trataba de uno de los primeros libros que había escrito. Por lo visto, incluso tenía una serie de inscripciones latinas de las que se desconocía el significado porque nadie había podido estudiarlas del ejemplar original y quedaban demasiado difusas en los soportes en los que se conservaban. Hacía unos 20 años que se le había perdido la pista, según las fuentes que consulté: un par de librerías y algunos coleccionistas legales. Para mí, carecía de importancia si habían podido o no estudiar el manuscrito a fondo, lo que realmente me satisfizo es que el comprador podría pagar hasta 400.000 euros. De los que 30.000 serían para el intermediario. Con los 370.000, libres de impuestos, tendría como para empezar algo más que una aventura difusa.

El lugar me dio miedo. Tal vez fuese la habitación o el maletín. El negro preponderaba por todas partes. Incluso el hombre que tenía que pagarme llevaba un traje negro. Sus ojos eran azules, por el contrario, lo único con color, a parte de los billetes. Supongo que tuve miedo de ser estafado. Una transacción como aquella requería de algo más que querer vender. Podrían estar dándome incluso dinero falso, por lo que miré cada uno de los billetes, a riesgo de parecer poco caballeroso. Cuando comprobé que la suma era correcta, le di su parte al intermediario y me fui por donde había venido. Ni siquiera crucé una palabra con aquel hombre de traje oscuro. Tan sólo observé cómo pasaba unos rayos azules por encima de las páginas y luego una especie de cepillo, sacando unas muestras de las páginas para después depositarlas en un aparato electrónico. Hasta que dio su visto bueno a la operación.

Salí de un pequeño hotel a las afueras de Barcelona con el cuchillo que me había metido en el pantalón por si tenía algún problema. Con 370.000 euros de más y una sonrisa de oreja a oreja.

Eran las nueve de la noche e iba rumbo a mi casa. Sabía que al día siguiente depositaría el dinero en un banco, lo haría de forma continua. Sin alterar mucho el curso de mis acontecimientos monetarios. Miraba hacia atrás. Incluso a quien se sentó detrás de mí, porque creí que podría ser alguien para robarme. Cada paso, cada esquina, era un nuevo miedo hasta que llegué a mi casa. Cada uno de los dos pisos que subí hasta entrar en casa, se convirtieron en una trampa mortal de mi cabeza. Incluso, al entrar en mi domicilio, tuve que revisar la casa de arriba a bajo. Una vez que me desvestí y me acomodé me fui con el dinero y el cuchillo a la cama. No dormí en toda la noche.

Cuando me desperté había dormido unos cinco minutos, desde la última vez que miré la hora. Me levanté y fui al banco, donde ya había abierto una cuenta, e hice un ingreso de 4.000 euros. El chico me dijo que si ingresaba cantidades pequeñas podían pasar por alto que no les trajese un justificante. Aunque mi plan era que mis antiguos amigos de Zamora, con los que tenía confianza, me ingresaran desde sus cuentas esas cantidades, después de yo haberles dado el dinero. Con ellos no tendría que explicar nada. Simplemente me harían el favor. Ya que contarles el más mínimo detalle podía implicarlos. Ya había hecho las pertinentes llamadas y me iría el mismo viernes por la noche para hacer todos los trámites el sábado. En total eran seis amigos, por lo que conseguiría ingresar unos 24.000 euros, más los 4.000 ya ingresados. Como ahora pintaba. Diría, aunque no se lo creyese nadie, en el peor de los casos, que era un ingreso por la venta de unos cuadros: fue lo que acordamos. La mayoría de ellos quiso saber de qué se trataba, pero consintieron en hacerme el favor sin enterarse para no verse implicados. A cambio, y sin que ellos me lo hubiesen pedido. Les hice algún tipo de regalo que sabía que les hacía falta.

Habían pasado varios meses cuando los del banco me llamaron para decirme que si no justificaba tales cantidades de dinero tendría problemas. Había conseguido ingresar unos 200.000 euros. Organicé una falsa exposición de pintura a lo que no fue nadie, para demostrar que pintaba y que los beneficios eran de la venta de cuadros. Recuerdo que incluso entró gente. Los pobres miraban los precios y se echaban las manos a la cabeza. La mayoría de los cuadros los había cifrado en cinco o seis mil euros. Por supuesto, nadie me compró nada.

Me encantó aquello de exponer. Era mi primera vez. Mis cuadros colgados relucían como unas fotocopias de las partes que componían mi alma. Me sentó mal, incluso que la poca gente que se dignó a venir pasase por encima de cada cuadro sin mantener su vista ni dos segundos. También es cierto que quise pasar desapercibido porque cualquier entendido hubiese sospechado de un extraño que de la noche a la mañana cuelga cuadros con precios tan desorbitados.

Reconozco que me sentí como un artista en todo su esplendor. Me vestí con un traje que me compré sólo para la ocasión e incluso puse canapés. Imaginé, frente a los veinte óleos que expuse en una pequeña sala que encontré, cerca de mi casa, un hormiguero de gente. Periodistas dando vueltas. Expertos asombrados por las nuevas técnicas e innovaciones que había realizado, lo que produciría un revulsivo para el mundo de la pintura. Gente importante agasajándome… Pero al final, me conformé con la inexpresiva atención que me prestó el viejecito con el que trabajaba. Le invité porque en realidad, a penas conocía a nadie, y quise que alguien conocido viniese a apoyarme, aunque fuese un montaje. El pobre hombre fue muy directo. Cuando vio que nadie había ido me dijo que lamentaba la poca asistencia. Incluso cuando vio los precios de los cuadros se giró y me dijo: "Hijo, yo también querría hacerme rico de repente, pero para eso tendrás que trabajar mucho". Así que le dije que leí en algún sitio que si pones un precio muy alto la gente piensa que eso tiene que ser bueno, mientras que si es bajo ni se molestan en mirarlo. Discutimos durante horas frente a la mesa de canapés. Fusilamos hasta el último pincho de tortilla y casi dos botellas de vino. El hombre se quedó hasta el cierre de la sala, que permanecería abierta durante una semana. Ya que había tenido que pagar para exponer, dije que por lo menos fuese durante una semana. Qué más daba, me costaría casi lo mismo, un dineral. En el fondo, por un segundo creí que alguien se detendría allí y me ofrecería comprarme toda mi excelente obra. Por supuesto no ocurrió.

La pequeña sala blanca con columnas redondas sostuvo mis retratos y figuras. El suelo de madera daba una sensación especial porque al andar crujía. Cuando te detenías en la sala se hacía un silencio palpable. Era entonces cuando los cuadros que hice: imágenes con grandes ojos y caras largas de narices afiladas. Colores espachurrados por los lienzos, siempre con tres o cuatro colores únicamente. Blanco, negro, marrón o rojo, sobre todo. Se convertían en parte de aquel espacio esperando ser adoptados. Nadie pinta para sí mismo. El artista de verdad realiza para los demás. Supongo que una fase de grandeza pictórica en la que crees que todo el mundo debería tener en su salón un cuadro tuyo, además de una pantalla de televisión plana.

Capítulo 33

Arnau era un hombre que había vivido mucho. Aunque lo disimulaba, había ahorrado un pequeño capital con la tienda de fotocopias. Veía a Eduardo como la secuela de la intensidad de una sociedad despojada de valores como la familia. Sabía que estaba separado y que malvivía sin rumbo, a parte de lo las pinturas.

Le pregunté a mi jefe si sabía de alguien que vendiese un apartamento por la zona. Había muchos estudiantes y sabía que podría alquilar fácilmente las habitaciones de la casa si la compraba. Me dijo que si conseguía vender la mitad de mis cuadros quizás tuviese para la entrada porque eran caros, mucho. Me confesó que él acababa de poner en venta uno. Se había dedicado a comprar algún piso que otro y alquilarlo. Con las rentas ahorraba y luego se compraba otro. Según me dijo tenía cuatro pisos. Luego me enfadé bastante porque no me tenía dado ni de alta porque no tenía ni un duro y ahora resultaba que estaba forrado. Pero lo importante era que podía intentar comprarle un piso a él y pagarlo con un poco de dinero negro. Evitando tener que meter todo el en banco y levantar todavía más sospechas, aunque no estaba seguro de querer aceptar porque sabía perfectamente que aquel dinero tenía que proceder de una fuente poco clara.

Quedamos para ver el apartamento, después de mucho discutir sobre cuánto aceptaría en dinero negro. Pedía 230.000 euros por un apartamento de cuatro habitaciones en una calle bastante mejor que en la que yo vivía. La pega era que se trataba de un edificio antiguo. Aunque poder pagarle en dinero negro, por lo menos una parte, me hizo estar predispuesto a aceptar cualquier trato que me hubiese hecho.

-Que estés aquí y nos hayamos conocido no es casualidad. El haberte empleado. Que buscases un piso y yo lo vendiese. Tengo muchos años ya y puedo asegurarte que las cosas no suceden por casualidad. El camino que nos lleva hasta algunas partes es el trayecto que recorrimos porque quisimos hacerlo y pensando, sin darnos cuenta, a dónde queríamos llegar. También va formando tu espíritu hasta ponerte en contacto sólo con quien deseas. Sabes, antes de contratarte a ti hubo otros muchos chicos que me preguntaron si necesitaba a alguien. No es una suerte que te lo dijese a ti, seguramente, en alguna parte de mí y de ti, esperábamos conocernos. Con esto no digo que necesariamente tenga que gustarme la pintura ni a ti los negocios de fotocopias o incluso la misma música. Me refiero a que está más allá de los gustos o preferencias. Se trata de la forma de pensar o reaccionar ante las situaciones. Quizás ahí dentro estén incluidos los gustos o preferencias, vete a saber. Sólo digo que tú y yo nos llevamos bien y nos hemos conocido porque nuestro camino nos ha llevado hasta aquí. Por lo que en algún momento de la vida nuestros destinos se entrecruzaron por nuestros actos.

-Suena muy profundo Arnau. Lo cierto es que yo no creo ni en las casualidades ni en la suerte. La verdad, casi nada. Quizás sí que ahora, después de una serie de circunstancias, sí que crea un poco. Aunque tienes razón con lo del camino que te lleva hasta alguien. Seguramente, bajo nuestras características superficiales, nos parecemos en algo. No sabría decirte si mucho o poco, pero sí que hay algo. También puede tratarse de suplir lo que te falta, ¿no?

-También es parte de eso. Sin embargo, yo me refiero a que todo está conectado en el mundo. Creo firmemente, y no creas que son delirios de un viejo, que cuando alguien vive y actúa sus actos influyen en los de los demás. Incluso sin saberlo. Y con respecto a eso de la suerte, pues no sé. Yo juego bastante a la lotería. Los fines de semana echo mis quinielas. La suerte es algo muy relativo, nunca me ha tocado nada pero no me va mal en la vida. Quizás sea ésa toda la suerte que merezco. Como todo está conectado, en el punto de la vida en el que me encuentro y por mi camino he estado en algunos puntos en los que la suerte no ha llegado hasta mí de forma directa.

-Crees que la suerte llega a ti porque todo está conectado y si estás ahí, en el momento preciso en lugar adecuado, te dará de lleno. Es interesante. Una suerte que te encuentra. Aunque yo seguiré creyendo que sea por lo que sea las cosas suceden. Lo que dices implicaría que la suerte tiene unas características, ya que no es lo mismo que la suerte te alcanzase para que te caiga una mierda de paloma. Algunos creerían que es una situación indeseable, quizás en otros lugares de la tierra sea bueno porque piensen que tiene una sustancia buenísima para la piel y la usan para hidratarse las manos. Pero aquí sería la cagada de una paloma.

-¡Qué cosas tienes Eduardo! Puede que sí, que tal vez la suerte no sea lo mismo en unos lugares que otros. Además de que las consecuencias o actos que te llegan tienen que ser muy concretos para que los consideremos suerte.

-¿Puedo preguntarte si tienes un número de la suerte?

-Sí, el tres. ¿Por qué?

-Como dices que todo es una serie de circunstancias que no controlas y que llegan hasta ti sin más. ¿Para qué necesitas un número de la suerte? ¿No sería como decir que estás acotando también tu suerte a algo más concreto?

-Sí. De eso se trata, de alguna forma ya tienes un camino y una historia. Al igual que un número, en muchos ocasiones necesario para la vida, que te ayuda a decidir mejor el devenir. Tal vez sea cierto que más de uno tendría que cambiar su número de la suerte, aunque también su vida. Todo está relacionado. Quizás todos los números no tengan la misma suerte porque la suerte de quien los usa nunca será buena. No tiene nada que ver con el número. Será por eso que no me toca nunca la lotería, porque la suerte que tengo que recibir de la vida es la que he tenido hasta ahora. Lo mismo mañana gano, pero será porque me tocaba. Estaba ahí. La confluencia de las cosas había girado sobre mí, como yo quería. Con respecto al número tres, pues sí que tienes razón, nunca me había parado a pensar de dónde lo saqué. Sí recuerdo que lo uso desde niño. Fíjate, quizás nuestra suerte, con un simple número, nos la marcamos desde pequeños sin darnos cuenta.

Las circunstancias que me llevaron hasta Arnau habían sido bastante raras. Nunca creí que me sucedería nada por el estilo. Ahora estaba a punto de comprarle un piso con el que pretendía sacarme un sueldo alquilando las habitaciones restantes. El día de la firma todo fue muy sencillo. El notario tenía preparados todos los papeles. Al final, el trato consistió en pagarle 180.000 euros por el piso y el resto en dinero sin declarar (en "b"). Era bastante y Arnau tenía miedo de que fuesen billetes falsos o cualquier cosa por el estilo. No me ofendió, después de ver lo que me había pasado a mí. No me quedó más remedio que ir al banco con él para ingresar al azar billetes por valor de unos 5.000 euros. Cuando vio que no había ningún problema todo quedó más claro. Zanjamos los trámites en una mañana y me fui con las llaves a mi nueva casa. Estaba amueblada con antiguallas que conservaría para evitar preocuparme si mis inquilinos rompían los muebles. Por supuesto, cambié mi cuarto. Puse una cama con un somier japonés muy bajo con un buen colchón. Un armario grande de madera con espejos en las puertas. Antes pinté la habitación de un verde claro que me alegrase los días. Teniendo el resto de las habitaciones alquiladas pasaría bastantes horas allí. Además, conseguí una mesa y una silla del mismo color caoba para poder incluso comer en el cuarto cuando no me apeteciese hablar con nadie. La habitación era tan grande que también tuve espacio para colorar un caballete y mis pinturas. Completé el conjunto con una radio con despertador. También tuve que comprar una televisión que puse en el salón para que todos los inquilinos disfrutasen de la inversión y estuviesen más contentos.

Capítulo 34

Los primeros inquilinos que tuve eran muy jóvenes. Estudiantes de interminables ingenierías a los que sus padres ayudaban a sufragar los gastos de sus estudios. La mayoría trabajaba en lo que le salía. Yo me relacionaba poco con ellos porque la brecha de edad empezaba a hacerse amplia. Sus 25 años de media me permitía tener charlas con ellos, hasta que mi experiencia o gustos me apartaban de las conversaciones o sentía que ya no tenía ni idea de lo que era ser joven. Yo seguía viviendo mi juventud, pero de otro modo. Ya no me apetecía salir todos los días a beber. En cambio ellos, si no hubiese sido por mí, habrían hecho fiestas en el piso todos los días. Por un momento no me pareció mala idea porque habrían llenado el piso de atractivas jovencitas. Había olvidado cuánto tiempo hacía que ya no estaba con una mujer. Mi matrimonio me hico querer volver a conocerme de nuevo y la verdad es que todavía no me sentía preparado para mostrarme a una chica. Ni siquiera sabía quién era yo mismo, ahora menos que antes.

Con las tres habitaciones sacaba 750 euros imprescindibles para subsistir, por una parte de la casa no estaba mal. Cada noche terminábamos los cuatro en el salón viendo la televisión. Momento en el que aprovechaba para saber qué hacían y cómo les iba. Por el contrario, ellos no me preguntaban mucho sobre mi vida. Era el dueño de la casa y guardaban las distancias. Aunque así era mejor, todos limpiaban cuando les tocaba y restringían sus descontroles ante mi presencia, como ante la de un padre. En cierto modo creo que les venía bien. Cuando estaban en casa, a parte de ver la tele, siempre estaban estudiando.

En más de una ocasión me invitaron a tomar algo con ellos. Yo siempre respondía que estaba cansado o me dolía la espalda. Me apetecía ir con ellos y divertirme, pero no quería ser una carga. Nuestras edades hacían que hubiese parecido un viejo que se ha infiltrado en un grupo de jovencitos. Desde el primer momento desistí de hacer muchas cosas con ellos. De todos modos, tampoco me apetecía demasiado. Estaba muy preocupado con las cuentas de la casa y mis pinturas. Sobre todo con la búsqueda de otro pequeño apartamento en el que seguir invirtiendo. Con el dinero de los alquileres podía intentar comprar otra casa y alquilarla también. Había pensado en una de dos habitaciones. Con un alquiler medianamente razonable la pagaría sin problemas. Además, todavía me quedaba algo de dinero con el que dar la entrada del piso. Mi idea era intentar comprar casas para, en un momento dado, no tener que trabajar y vivir de las rentas. Aunque por el momento seguiría trabajando con Arnau durante bastante tiempo. Me había aclimatado perfectamente al horario y a aquel anciano al que me fascinaba escuchar. Tenía ideas increíbles sobre la vida y se había convertido en un amigo, además de jefe y compañero de negocios. Cada vez era más divertido trabajar allí. La confianza que habíamos tomado el uno con el otro era increíble. Ya me había presentado incluso a sus dos hijos y a su mujer. Los hijos se habían ido de casa hacía mucho tiempo. Deduje que su intención era dejarles un legado económico el día de mañana. Le hacía ilusión que sus hijos dijesen de él que de una simple tienda de fotocopias había conseguido tener bastante dinero y propiedades. Era un sabio. Como yo lo entendía. Una persona mayor a la que habría que escuchar más, como a la mayoría. Supongo que también era lo que le gustaba de mí, que le escuchaba. Hoy en día ya se había perdido aquello de escuchar a las personas mayores e incluso sus hijos vivían sus vidas al margen de los consejos de un anciano. Pero lo cierto es que me encantaba escucharlo. Me di cuenta de algo muy curioso. El hombre puede envejecer y tener miles de experiencias, pero le seguirán preocupando los mismos temas a lo largo de su vida. Es cierto que las soluciones irán cambiando en función de los conocimientos, pero también que a todos los hombres nos preocupan las mismas cosas. Pensamos en el dinero, el amor, la descendencia, la riqueza o la suerte. Aunque con 20 años no te enfrentas igual a las cosas que con 60. La diferencia es sustancial. Es lo que me encantaba de Arnau. Me decía lo que había que hacer, con sus 60 años de experiencia, pudiendo ahorrarme unos 30 años de vivencias equivocándome. Para mí era toda una fortuna estar ahorrando tanto tiempo equivocándome. Aunque en algunas ocasiones no le hiciera caso porque era cierto que la sociedad había cambiado en algunas cosas. Aún así, siempre adaptaba sus consejos a los tiempos actuales y me iba bien. De todos modos, era un hombre que había sabido envejecer con su tiempo y con el de los nuevos cambios. Su mente era muy abierta y podía adaptar sus reflexiones y asimilar los cambios actuales como algo normal sin extrañarse. Un día me dijo que la única diferencia entre muchos jóvenes y él era que su cuerpo había envejecido. Se seguía sintiendo joven por dentro y capaz de interpretar la realidad como cualquier otro. Aunque por su puesto, su experiencia fuese mayor. Pero me dijo que para él no había cambiado nada su personalidad, sólo que ahora sabía más cosas.

A las pocas semanas de tener mis nuevos inquilinos, dedicaba todas mis tardes a buscar pisos que estuviesen en venta. Dejé aparcados los lienzos y los pinceles, y puse mi empeño en buscar un apartamento de dos habitaciones que no rebasase los 200.000 euros. Ahora tendría que pedir un crédito, pero con la hipoteca de la otra casa bastaría. La única pega es que tendría que estar declarado como trabajador para justificar un sueldo.

Volví a hablar con Arnau y le dije que todos los gastos legales que acarreasen mi contratación correrían de mi cuenta. Me descontaría de mi sueldo las cargas que conllevase la operación. Fue extremadamente comprensible. Nunca conocí nadie que me ayudase tanto. Era una de las mejores personas que me había cruzado en mi vida. Ni la sabiduría de su mirada, ni sus movimientos lentos y seguros, ni tan siquiera su aspecto de anciano con chaleco de punto y anteojos plateados me hubiesen hecho pensar que ocultaban un amigo. Estaba tan agradecido por lo que estaba haciendo por mí que decidí retratarlo. Luego espetó que podía haber cogido una foto de cuando era joven. Su pelo quedó plasmado en blanco. Sus pequeñas gafas redondeas contorneaban unos diminutos ojos marrones asediados por las arrugas, con dos lamparones enormes de las bolsas que tenía bajo los mismos. Su piel estaba tersa, los kilos que le sobraban estiraban un poco su rostro. Su pulcro afeitado contrastaba con su bigote. Sólo le pinté un busto. Lo suficiente para dejar entrever uno de los chalecos Burdeos que más me gustaba, de los que se ponía habitualmente. Quedó muy bien. Con mi estilo particular tomado de Pascal. Le había hecho los ojos un poco más grandes. Facciones alargadas y rostro ensimismado en el devenir del espacio, como además entendí que él era. No dijo gran cosa cuando se vio. Ya conocía mis pinturas. Sólo que ya era muy viejo para un retrato. Tenía que habérselo hecho de una foto más antigua, o sea, de él más joven. Aún así me dio las gracias y prometió que lo colgaría en su casa. El primer retrato que le hacían en su vida debía tener ese privilegio.

Cuando pedí el crédito en el banco tuve que llevarles todo tipo de papeles. Querían estar seguros. Tras varias semanas y mi oferta de comprar sobre la casa a una joven pareja de catalanes que habían reformado un pequeño apartamento, firmamos los papeles. Estaba cerca de la iglesia de La Sagrada Familia. El precio final, después de mucho regatear con ellos, fue de 187.000 euros. Por supuesto, esta vez no pude convencerlos de pagarles en dinero negro parte de la casa. Querían que fuese legal al cien por cien. Como no dependía de mí que tomasen la decisión lo dejé estar y me amoldé a su decisión. El crédito que tendría que pagar, una vez dado lo que me quedó de dinero de la venta del libro, sería muy alto. Puesto a 20 años, para intentar pagar lo menos posible, me supondría cada mes 600 euros. Ya intentaría rebajar la deuda después mediante los alquileres. Que pensaba cobrar a ese precio por el piso. Así se pagaría solo.

Sin darme cuenta, me había entrampado hasta las cejas en un viaje que me anclaba a la ciudad condal durante años. La idea no me disgustaba. Me planteé aprender catalán como diversión, siempre y cuando todavía me quedase tiempo tras pintar mis cuadros y arreglar cualquier asunto de los pisos.

Una de esas tardes en las que había terminado de pintar un cuadro salí a pasear. Las calles me llevaron hasta La Rambla barcelonesa. Atardecía, los turistas empezaban a emigrar a sus hoteles y a los restaurantes. Enfrenté la gran avenida cuesta arriba. Iba dejando tras de mí los artistas que iban recogiendo sus bártulos, los cafés, los grupos de viejos y los locales de alterne. Al pasar por un local de dudosa reputación me fijé en quién salía con curiosidad malsana y allí estaba: con traje gris y sombrero, mi amigo *Chance*. No me vio. Estaba demasiado lejos y caminaba mirando hacia el suelo. Comencé a seguirlo, en vez de gritar o correr hacia él para matarlo. Simplemente lo seguí. Tal vez anduve una media hora hasta que llegó a su hotel. Un cinco estrellas para el que seguro tenía dinero. Durante todo el camino fui pensando qué debía hacer o qué decirle.

Entró en el hall del hotel y se introdujo en el ascensor. Fui hasta el recepcionista y le pregunté por el número de habitación del hombre que acababa de entrar. Por supuesto, me contestó que no podía darme tal información. Me giré hacia el ascenso y vi que se había parado en la sexta planta. Me excusé alegando que era un amigo al que quería saludar. Fui hacia el bar del hotel y pedí una copa de vino. Tras un rato, decidí llamar a la policía, pero tal vez también me investigasen a mí. Sabía que no era el momento de llamar la atención. Esperé en el bar, tras mi segunda copa de vino decidí subir, por si podía localizar su habitación de alguna manera. Cuando el recepcionista estaba despistado con unos clientes llegué hasta la escale de incendios y subí andando. La escalera estaba desierta y monté sin mayores problemas. Abrí la puerta y encaré el pasillo. Desconocía qué haría cuando lo tuviese en frente, pero tenía que verlo y hablar con él. Empecé a dar vueltas por el pasillo afinando la oreja esperando distinguir su peculiar acento. Aunque sólo se escuchaban parejas y televisiones. Cuando llegué a uno de los extremos del pasillo escuché, justo al otro lado, una puerta que se abría. Saqué unas llaves para fingir que estaba buscando la tarjeta de la puerta. Salieron dos hombres de traje limpiándose las manos con unos pañuelos blancos. Noté sus miradas, pero al instante, sin esperar al ascensor, abrieron la puerta de incendios por donde yo había subido y desaparecieron en cuestión de segundos. Nada más cerrar el portón metálico me dirigí hacia el otro extremo del pasillo para comprobar qué había sucedido. La puerta estaba entreabierta. Miré hacia el pasillo y no había nadie. La puerta se balanceaba suavemente, queriendo abrirse del todo, debido a una pequeña corriente de aire. La empujé y me introduje. Pregunté: "¿Hola, hay alguien?". Un pequeño pasillo daba paso a la estancia. Seguí hasta el final y vi al francés degollado. Tenía una raja en la garganta y la sangre manaba a borbotones manchando las sábanas de un rojo denso. Por un momento me dio pánico ver la escena y me giré mirando hacia otro lado. Había un espejo y volví a fijarme en el cuerpo reflejado de Jean. Tenía el sombrero apretado entre los dedos de la mano. La cama estaba sin deshacer y seguía vestido con el traje gris. Ahora la camisa blanca se entremezclaba con los borbotones rojos. Reaccioné y me di cuenta de que lo había asesinado. Alguien se me habían adelantado, supongo que a mí y a otros muchos.

Volví la cabeza y me fijé por última vez en su expresión. Tenía el pelo más largo y un pequeña coleta, bien afeitado e incluso con más peso. Salí de la habitación y pensé que si me veían allí podrían incriminarme. Empujé la puerta suavemente, no había nadie. Tomé el camino hacia la puerta y volví a escuchar otra puerta que se abrió, entonces comencé a correr hacia la salida de emergencia. Segundos antes de que me viesen, abrí la puerta y corrí escaleras abajo. Cuando llegué a la puerta creí que si el recepcionista me veía correría un gran riesgo, ya que incluso había preguntado por él. Y también había estado en el bar bastante rato. Aunque tenía que salir de allí. Abrí un poco la puerta y vi que unos clientes hablaban con el recepcionista. Salí mirando hacia el otro lado. Cuando estaba a punto de salir por la puerta escuché un grito llamándome, porque se refería a un hombre de camiseta negra y tenía la voz del recepcionista. Ni siquiera me volví. Nada más bajar los cuatro peldaños que daban a la calle empecé a andar rápido hasta que en la primera esquina comencé a correr.

Llegué hasta mi casa lo más rápido que pude. Cuando entré en la casa mis tres compañeros veían la tele relajadamente. Me preguntaron si venía corriendo porque llegué jadeando. Les dije que no pasaba nada, que había subido por las escaleras corriendo para hacer algo de deporte. Me miraron con cara rara y me fui a mi cuarto. Sabía que podían incriminarme. Cuando preguntas dónde vive alguien y aparece asesinado al día siguiente todo apunta hacia ti.

Pasé toda la noche mirando mis cuadros y todo lo que había recorrido hasta aquí para volver a caer en las redes de *Chance*, incluso después de muerto.

Llegué a la tienda de fotocopias y lo primero que hice fue poner en marcha la pequeña radio que había en el mostrador, para escuchar las noticias locales. Enseguida, como en sincronía, la chica que radiaba las informaciones dijo que la policía había encontrado un hombre asesinado en un hotel de la capital. La policía estaba investigando los hechos pero todo apuntaba a un ajuste de cuentas. También que el cadáver era de nacionalidad francesa y que estaba buscado por la justicia por fraude y otros delitos relacionados con la estafa. Pasó enseguida a hablar de unas obras de un nuevo parque, yo seguí durante horas con sus palabras en mis entrañas.

Pensé en irme durante una temporada hasta que las cosas se calmasen. Luego me di cuenta de que con los pisos tenía que quedarme en la ciudad sin ser visto demasiado. Esperando que ningún policía le diese por hacer unas fotocopias y me reconociese en la descripción que seguramente habría hecho de mí el recepcionista.

Cada día iba al trabajo con una gorra, hasta que la barba me creció lo suficiente para que nadie pudiese reconocerme. Me corté el pelo y me puse otras gafas que tenía. Arnau me dijo que si ése era mi nuevo aspecto de pintor. A lo que le contesté que tal vez necesitaba un pequeño cambio en mi vida. Me contestó que desde luego no me reconocería ni mi madre de esa guisa, alegrándome profundamente. Fue lo mejor que pudo decirme. Así estuve durante un mes. De la casa al trabajo y del trabajo a la casa. Evitaba salir lo más mínimo a la calle. Pintaba sin parar. Tuve la tentación de plasmar el rostro de Jean cuando lo encontré muerto en la cama. Luego pensé que cuanto antes olvidase la escena menos pruebas me incriminaran.

Los medios no volvieron a tocar el tema. Deduje que la policía no detuvo a los autores ni dio conmigo, por supuesto. Aún así, decidí que conservaría mi imagen durante varios meses por si acaso. Mis compañeros me decían que saliese con ellos a dar una vuelta. Estaban preocupados porque pasaba todos los días en la casa. "Un artista se debe a su arte y al daño o al beneficio que éste le reporte", me justificaba. Y si el mío me postraba a pintar como necesidad antes que relacionarme era lo que debía hacer. Pinté tanto que tuve que alquilar una pequeña guardilla para meter los lienzos. Cada mañana tenía que dejar la ventana de mi cuarto abierta porque el olor a pintura era insoportable. Tuve que resignarme a trabajar con pastel.

Uno de los hijos de Arnau tenía dos niños pequeños con los que fue a visitar a su padre. Cuando llevaban un rato hablando los niños comenzaron a dar vueltas por la tienda. Nada más llegar me los presentó. Además de su empleado, también habíamos hecho negocios, era un amigo. Uno de los niños, de nueve años, se acercó hasta mí. Hacía fotocopias de un libro de

Psicología para un alumno de primer curso. El niño, con incipiente desparpajo se detuvo y comenzó a tirarme del pantalón hasta que consiguió llamar mi atención.

-¿De quién te escondes?

-¿Qué?

-¿Por qué te has tapado la cara con la barba? ¿Has hecho algo malo? El otro día en el colegio había un niño que se pintó la cara para que nadie lo reconociese. Decía que los otros niños no jugaban con él porque era muy feo. ¿Tú eres muy feo?

-Pues no sé, tal vez.

-¿Y por qué haces fotocopias con mi abuelo? ¿No tienes novia?

-No, hace tiempo la tenía.

-¿Ya no te quiere porque te has dejado la barba?

-La vida es muy corta y da muchas vueltas. Puedes cambiar mucho.

-¿Como cuando yo crezca y sea tan alto como mi padre?

-Sí, más menos. Aunque los mayores cambian de otra forma.

-Se hacen gordos, me lo ha dicho mi padre. Me explicó que por eso mamá está tan gorda y que si sigue así se va a buscar otra mamá que todavía esté creciendo hacia arriba. Aunque no lo entiendo bien. Él siempre se ríe. El otro día se lo dije a mamá y creo que por eso hemos venido a pasar unos días con el abuelo. ¿Tú sigues creciendo?

-Sí, como tu mamá, hacia delante.

-Pues ella dice que papá está flaco porque el abuelo lo había acostumbrado a comer poco para ahorrar. Pero papá me explicó hoy que al abuelo le gusta ahorrar para jugar a la lotería. La abuela lo dejó y fue cuando se dio cuenta de que sólo podía jugar los fines de semana. Mi papá me ha dicho que desde el sábado hasta el domingo no podremos hablar con el abuelo porque se pasa todo el rato pendiente de la lotería. Hemos planeado ir a zoológico y al parque de atracciones. Cuando volvamos, ¿mamá habrá adelgazado? No quiero otra mamá, ésta es muy cariñosa. Incluso el vecino viene a vernos cada vez que papá sale a trabajar. Siempre se meten en el cuarto a hablar y me trae una película para que me entretenga. Mamá dice que son cosas de mayores que tienen que discutirse sin niños delante. A lo mejor está gorda, como dice papá, porque cuando habla con el vecino aprovecha para comer nata y fresas.

-Bueno, será mejor que te vayas con tu padre y el abuelo.

-Me han dicho que venga a hablar contigo porque dabas pena. A ver si te entran ganas de tener hijos. Pero si no tienes novia… El abuelo también me contó que estás un poco loco porque pintas cosas con los ojos saltones. Que si decías algo de hacerme un retrato dijese que no. Ya tenía suficiente con tener que haber escondido el cuadro que le habías pintado, como para tener que esconder otro también.

Después de la conversación con el pequeño llegué a varias conclusiones. Habían pasado dos meses y medio, ya podía afeitarme la barba y retomar mi vida con normalidad. Nadie sería capaz de reconocerme. Tenía que recuperar una vida normal que había solapado a pinceladas encerrado en mi habitación. También tenía que hacer varios viajes al piso nuevo que había comprado para ver si conseguía arreglar unos problemas con unas cañerías.

Pero sobre todo tenía que disfrutar un poco de lo bien que me iban las cosas. Dejar de soñar con auroras boreales de colores, o no siempre, y despertar ensimismado en un nuevo viaje con otras esperanzas.

Capítulo 35

Llamé al único amigo que me había quedado en el trabajo para localizar a Roberto. Supuse que habría vuelto al ayuntamiento. Estaba expedientado, pero podía volver cuando quisiese y seguir con las sustituciones.

Roberto seguía allí, me contó que había hecho de tripas corazón aguantando las miradas y los cuchicheos, lo noté bastante desesperado por cambiar su vida de alguna forma. Aunque sabía que en el fondo era un vago y prefería soportar el malestar por ganar un sueldo fácil sin tener que esforzarse mucho. Se había resignado a que sus padres y amigos le apuntasen con el dedo.

Pasaba todas las tardes encerrado en su casa escuchando música. Seguía apostando, según él, menos. Encerrado en la cárcel en la que se había convertido la habitación de su casa junto a sus padres.

Me agradeció lo que había hecho por él. Si no llega a ser porque estuvo poco tiempo se habría quitado la vida o se habría vuelto loco del todo. Al rato, una vez que se descargó, me dijo todo lo que le había sucedido en la cárcel y lo que le estaba ocurriendo ahora. Le conté que había encontrado al francés muerto en Barcelona, donde vivía ahora. Me preguntó si había sido yo y le contesté que me hubiera gustado, pero que otros a los que también habría utilizado se nos adelantaron. Se alegró. Confesó que era un condenado y que se merecía ese final. La duda no me asaltó ni por un segundo, no le conté que vi su cadáver. A los poco días se habría enterado la isla entera. Debía protegerme. De todos modos, lo sustancial era que había fallecido. Le conté, que por casualidad, lo había oído en las noticias. Habían dado su nombre, era él. Le relaté la muerte, siempre como si lo hubiese sabido por los medios.

Su vida era un caos. Seguiría un poco más de tiempo en la isla. La gente ni lo miraba cuando pedía un café. Lo habían estigmatizado. Antes de eso, de todos modos, ya lo tenían sentenciado. Así que ya estaba acostumbrado. Se haría un caparazón. Yo sabía que, incluso así, hay gente para las que todo filtra un poco más hasta su alma y se pudre por culpa de los demás. La sensibilidad está a salvo siempre y cuando tu piel sea tan dura como un plomo endurecido de mala leche y prepotencia. La opacidad de los cristales de sus ojos traslucía que a pesar de su fachada tenía la mirada de un niño al que luego le duelen las cosas. Le sugerí que dejase aquello. Su vida valía más que el sueldo que le pagaban. Supongo que sabía que era incapaz de cambiar, ni de tener tanto coraje como para abandonar una buena vida, que en realidad era mala, para empezar de nuevo. Siempre tendría un amigo en Barcelona para lo que quisiese. En realidad, habíamos sido dos títeres en manos de un maestro que al final se topó con alguien que le ganó la partida.

Los pisos se transformaron en mi mayor preocupación. Me afeité y volví a ser un transeúnte de la vida barcelonesa. Ahora podía volver a viajar por las calles sin peligro de encontrarme con el miedo. Mis sentidos seguían alerta a todas horas, cada vez menos, a medida que iba me relajaba. Luchaba contra la ansiedad y las ideas locas que rondaban mi cabeza de volver a ser capturado y pasar otra vez por la cárcel. Caminaba todas las tardes hasta el mar. En mi ciudad, Zamora, nunca tuve mar. El olor de la sal se apodera de las calles. La línea del horizonte es tan basta que te obliga a reflexionar en que nada tiene límite. En que existe la paz. Hay lugares donde existe algo mejor, es posible. Los límites son inexistentes y las necesidades se

221

vuelven etéreas. También mi pintura había tomado unos azules y verdes que provenían de allí.

Apreciaba cada paso. Las luces que se mueren a media noche soñando que se tornan del color de los corazones que se aman, rojos intensos. Las risas de los niños,   descontroladas en las verdades sin cerrojos ni las discretas puertas de la educación. En mis manos más viejas. Mis pasos más cortos. La falta de amor. Los prósperos negocios y mi nuevo talento pictórico. Lo bueno y lo malo, en definitiva, de haber optado por mí, no por cambiarme. Seguía siendo el mismo.

Amaba las calles. Incluso la mala suerte. Sabía qué era la astucia de las cantidades de quimeras que nos abordan por miedo a no cambiar nuestro destino.

-Tienes que jugar a la lotería, de verdad. Te daría una sensación de poder cambiar de vida cada fin de semana. Ya sabes que yo tengo dinero, pero no tanto como para dejar de trabajar.

-No quiero. He tenido algunos problemas en mi vida con el juego y lo que conlleva.

-¿Problemas de ludopatía?

-Para nada, todo lo contrario. Odio la gente que malgasta su dinero con los juegos de azar. Siempre pensé que tenían que tener muy poco en sus vidas para tener que aferrarse al juego.

-Yo tengo una vida plena, no tiene nada que ver con que me guste intentar ser un poco más rico.

-Es que por eso estoy aquí. Por lo delirios de un jugador empedernido que me habló tanto del juego que al final terminé metido en una historia rocambolesca con un extranjero que decía poseer un don para acertar los números.

-¡No me digas!

-Yo también tenía un don antes y acertaba algunos números. Hasta que conocí también a un extranjero que vino un día a hacer unas fotocopias. Creo que era francés. No me preguntes cómo se llamaba, mi memoria ya no es lo que era. Me acuerdo perfectamente que comenzamos a hablar cuando me vio escuchando la radio con un boleto de lotería. Nos tiramos cerca de una hora discutiendo. Me contó que vivía en Barcelona hacía unas dos semanas. Quería irse a una isla de no se donde. Barcelona era demasiado grande para hacerse conocido en poco tiempo. Le expliqué que yo tenía el poder de escoger los números de la suerte e incluso algunos amigos me preguntaban por cuáles apostar. Gracias a que un viejo de mi pueblo, antes de morir me había susurrado que yo era el elegido de la suerte. Y es cierto que nadie podía ganarle a las cartas. Siempre me lo tomé a risa. Acertaba algunas cosas sin importancia. No era como para creérselo.

-Pero vuelve a lo del francés…

-Pues eso. Después de mucho hablar de lo importante que era la suerte y cómo la gente incluso me llamaba para pedirme consejo me plantó un billete de 5.000, de las antiguas pesetas, diciendo que me la compraba. Pero tenía que explicarle más sobre la suerte. Le contesté que no me hacía falta venderle nada, que se la regalaba. Para mí era absurdo cuestionarme el vender mi suerte, después de bastante tiempo hablando con él empezó a hacer extraños movimientos con el cuello y la cabeza. El tipo sacó un papel y me hizo firmar un contrato. ¿Sabes? He recordado ese instante durante años. El momento en el que puso en la hoja que le daba mi suerte hasta que él se muriese y cuando sacó un mechero, tras hacer que lo firmara, para calcinar el papel. Se trataba de un charlatán al que tendrían que haber cortado el cuello, estaba loco.

Me estremecí al recordar la imagen de *Chance*, tirado en la cama del hotel, degollado sin contemplaciones.

-Seguro que no fue para tanto.

-EL cabrito me dejó sin suerte durante años. Nunca más volví a acertar un número. Encima, hasta me dio las gracias cuando se fue, tras explicarle lo que sabía sobre la lotería y la suerte. Lo hice porque me pareció que estaba enfermo. Aunque ahora creo que el loco fui yo. Aún así he tenido algo de suerte, he sabido estar donde tenía que estar para que me tocase algo de casualidad bondadosa.

Me callé mientras mi cabeza se llenaba de ideas sobre *Chance* y su asesinato.

Hace dos días pasé por un café, tras una de mis largas caminatas por la ciudad. Arnau charlaba tranquilamente con los dos hombres que vi en el hotel saliendo de la habitación del francés, tras asesinarle. Al día siguiente me marché del trabajo. Inventé que me dedicaría de lleno a lo de los pisos y que hacía algún tiempo que reclamaban mayores atenciones. ¿Y para qué iba a trabajar si podía vivir con lo que sacaba?

Volvía a dejarme la barba por si los asesinos se pasaban por el local y me reconocían. Cosa que dudaba porque no me vieron con nitidez aquel día.

Tardé una semana en encontrar un sustituto. Condición que le sugerí para irme antes de el mes de rigor con el que había que avisar para que buscase a otra persona. Así aceleré los trámites y pude irme antes.

Sé que nadie podrá decirme jamás que la suerte no existe. Ahora, siempre que la necesito, uso mi número cinco. Cuando pienso en un momento que dé la suerte que quiero, recuerdo que seguro que me llegará. Sólo hay que estar preparado para jugarse hasta la vida. La suerte tiene dos caras: hay veces en que se gana y otras en las que se pierde. Aunque es imposible prever a dónde te llevarán tus decisiones y las repercusiones reales del azar. Tampoco es posible saber por qué se pueden dar una serie de circunstancias en las que las coincidencias son tan abrumadoras que crees que alguien, desde el cielo, está movimiento los planetas diciendo: "Suerte".

www.ingramcontent.com/pod-product-compliance
Lightning Source LLC
Chambersburg PA
CBHW072237170626
46813CB00003B/1261